비로소 나는 누군가의 저녁이 되었다

비로소 나는 누군가의 저녁이 되었다

최지안 에세이

도서출판 북인

누군가의 저녁이 되어주는 일

바람의 체온이 떨어지고 있다. 단풍나무 우듬지가 붉어진 게 얼마 되지 않은 듯한데 가을이 깊다.

쉽지 않았다. 나를 녹여 수필로 쓴다는 것이. 수필이란 '나'를 고스란히 접시에 올려놓는 것이다. 그래서 백지 앞에 앉을 때마다 깊은 숨을 쉰다. 두 손은 자연스레 자음과 모음 앞에 공손해진다.

단어와 조사, 문장과 문장 사이를 잇고 단락들을 깁는다. 짧은 문장과 긴 문장이 국숫발처럼 한 줄로 늘어서 깨금발로 온다. 꼬리를 무는 문장들은 생각의 결대로 휘어지고 초록으로 접힌 말들이 심연에 쏟아진다.

종이꽃처럼 가볍게 뜨는 말들과 닻처럼 바닥으로 가라앉는 말들. 향기가 없는 말들은 지우고 앙금으로 남은 말들은 휘휘 젓는다. 가슴 밑바닥부터 그라데이션gradation으로 젖어드는 말. '숨'이라든가 '당신'이라는 낱말들이 나를 붙들었다. 그리고 '저녁'이라는 말에 오래오래 머물렀다.

『비로소 나는 누군가의 저녁이 되었다』를 내놓는다. 아침이 하루의 문을 여는 것이라면 저녁은 그 문을 닫는 것이다. 집으로 돌아가 지친 다리를 쉬게 하는 시간이다. 새들도 저녁이면 둥지로 날아가고 각자의 보금자리로 돌아가는 아늑한 시간이다. 하지만 나는 그 시간이면 서늘해졌다. 집으로 가는 길을 빙 돌아서 천천히 갔다. 마음 둘 곳을 마련하지 못했기 때문이다. 내게는 저녁의 가장자리만 맴돌며 안으로 들어가지 못하던 많은 저녁이 있었다.

그러던 내가 어느 때부터인가 저녁의 안쪽에 앉아 있었다. 아이들이 커가면서 나는 누군가에게 저녁이 되어야만 했다. 식구들을 위하여 돌아올 집이 되고 저녁이 차려진 식탁이 되고 고향이 된 것이다. 그렇게 저녁이 됨으로써 지난 서러운 시간을 위로받았다.

저녁이 되는 삶이란 안식의 의미를 알고 저녁을 베푸는 것이다. 배회하고 망설이던 시간들, 안식이 절실했던 과거의 시간들이 현실의 타자를 불러들인다. 저녁으로 편입되지 못하거나, 저녁을 저당잡히거나, 저녁을 모르는 세대를 위하여 저녁을 베푼다. 이렇게 저녁을 지키고 앉아 저녁이 되는 사람은 제3자가 아닌, '당신'이 될 수도 있고 '너'가 될 수도 있다.

누군가의 저녁이 되어주는 일. 그것은 거룩한 일이다. 이 책을 읽는 지금, 당신도 누군가의 저녁이 되어주면 좋겠다. 따뜻한.

2019년 가을 저녁

차례

제1장 | 스무 살의 내가 물었다

제2장 | 그 여름을 데려오다

제3장 | 이별 편지를 대필하다

제4장 | 기다려 일로일로

제1장 스무 살의 내가 물었다

꿈꾸는 카트
선글라스를 스캔하다
7일 동안
춘천에 가면
체크무늬의 철학
스무 살의 내가 물었다
까까
뿔 하나 가지는 일
비로소 나는 누군가의 저녁이 되었다
천 원입니다

꿈꾸는 카트

마트에 묶인 머슴이었다. 그의 이름은 카트, 정규직이다. 눈 감고도 매장을 훤히 꿰뚫을 만큼 도가 튼 베테랑 직원이지만 임금이 없다. 임금이 없으니 노조도 없다. 노조가 없으면 파업이나 태업도 없다. 고용주 입장에서 인간이 아닌 직원은 더할 나위 없는 환상적인 파트너다.

사각의 프레임과 동그란 바퀴. 카트는 네모와 동그라미의 공존으로 굴러간다. 발 없는 철제 프레임을 바퀴 4개가 이끈다. 프레임이 아무리 견고하고 훌륭해도 바퀴가 있어야 제구실을 한다. 바퀴도 마찬가지, 단독으로 존재할 수 없다. 동그라미가 없다면 네모는 무용지물이고 네모가 없다면 동그라미도 쓸모없다. 전체를 구성하는 개체들의 운명이 그러하듯 모든 관계는 유기적으로 돌아간다. 네가 없다면 나의 존재 이유가 불투명하듯이.

둥근 바퀴가 프레임을 끌고 가듯 세상을 끌고 가는 힘이 있다. 세상을 거대한 톱니바퀴라고 가정한다면 그 바퀴를 움직이는 힘이 있을 것이다. 작은 부속품들이 정교하게 맞물려 커다란 톱니바퀴를 돌린다.

바퀴를 돌리는 또 다른 힘이 있다. 그것은 보이지 않는다. 세상은 보이는 구조와 보이지 않는 의도로 굴러간다. 『국부론』을 쓴 누군가는 보이지 않는 손이 알아서 하게 놔두라고 했지만 시장은 그리 완벽하지도 않았으며 보이지 않는 의도가 늘 힘이 있는 사람들에게 유리했다는 점도 간과할 수 없다.

손님이 카트를 집는다. 철커덕. 백 원을 물려주면 동료와 묶였던 쇠줄이 풀어진다. 독립이다. 아니다. 자유지만 자유가 아니다. 자유주의가 진정한 자유를 주지는 않았던 것처럼, 아프리카 신생국가들이 독립을 했지만 강대국의 경제적 식민수탈은 여전한 것처럼 말이다. 풍부한 천연자원이 저개발국에는 오히려 재앙이 되듯 평등하지 않은 출발점에서의 자유는 독이 되고 만다.

재미있는 것은 손님이 카트를 오른쪽으로 밀고 가길 좋아한다는 것이다. 오른쪽으로 도는 사람의 무의식. 그에 따라 계산된 마케팅은 오른쪽으로 가치를 부여하고 물건을 배치한다. 백화점을 보더라도 올라가는 에스컬레이터 오른쪽과 내려오는 곳의 오른쪽으로 자연스럽게 시선이 간다. 그곳에 쉽게 지갑을 열 수 있는 만만한 상품을 진열한다. 오른손을 바른손이라 했던 시대도 갔지만 오른쪽에 대한 무의식적인 선호는 영업 전략에 요긴하다. 물론 영업에만 쓰이는 것은 아니겠지만 말이다.

매장을 다 돌고 손님이 차에 물건을 옮겨 실어야 일이 끝난다. 물건 값을 지불했다고 일이 끝난 것은 아니다. 마지막까지 서비스를 다한다. 볼일을 다 봤다고 사다리를 걷어차지 않는다. 사다리 올라갈 때 마음 다르고 올라간 다음은 더 다른 강대국과는 다르다. 오히려 손님이 카트를 걷어차도 묵묵히 참을 뿐이다. 일이 끝나면 먹었던 백 원을 손님에게 얌전히 내주기까지 한다.

잠깐 쉴 때가 이때다. 다음 손님이 카트를 뺄 때까지 쉴 수 있다. 그제야 비로소 카트는 동료와 무언의 인사를 주고받을 것이다. 매일 같은 일과의 마트가 지겨워 어디든 가고 싶다든가, 색다른 매장에서 일을 하고 싶다든가, 가보지 않은 곳으로 떠나고 싶다든가 하는 이야기를 저들끼리도 하지 않을까.

인간을 흉보기도 할 것이다. 어떤 '손님'은 알뜰해서 가격을 따져보고 다른 제품과 비교해보며 꼼꼼히 장을 보더라는 둥. 어떤 '진상'은 매너 없이 카트 안에 쓰레기를 놓고 가버렸다는 둥. 어떤 '망나니'는 직원에게 삿대질을 하며 '갑질'을 하더라는 둥 하소연을 할 것이다. 그들의 말을 못 알아들으니 다행인지도 모르겠다. 마트에서 별별 인간을 상대하는 카트에게 감정이 있다면 아마 사람에게 달려들어 해코지할지도 모른다.

그쯤은 양반이라며 애먹은 일을 털어놓는 카트도 있을 것이다. 어떤 손님은 자신의 집까지 카트를 밀고 가서 쓰레기까지 버리는 용도로 사용하고 쓰레기장 근처에 버려놓고 가더라고 흥분할 것이다. 만약 카트가 말을 할 수 있다면 자신의 신분을 이용해 공적인 직무로 사적인 일을 해결하는 손님들 명단을 블랙리스트에 올리고 과태료를 물게 하라고 점장에게 요구할지도 모른다.

오늘도 카트는 마트 앞에 정렬해 있다. 제 삶의 동선에서 이탈하지 않는다. 마트가 일터고 집이고 삶이다. 당당한 정규직이지만 근로시간 단축도 그에게는 비껴간다. 장시간 노동과 결근 없이 일해도 노후는 보장받을 수 없다. 그는 평생 80여 평의 매장을 분주히 오가며 마트에서 낡아갈 것이다.

장을 봤다. 나도 오른쪽으로 카트를 밀며 콩나물과 토막친 고등어, 세제를 샀다. 매일 아침 아이들을 학교에 데려다주고, 하루에 한번 청소기를 돌리고, 하루에 두 번 쌀을 씻어 안치고, 일주일에 한두 번 집과 마트를 오간다. 매일 정해진 일과와 일주일 정해진 일들은 주기적으로 반복된다.

나는 아직 현직이다. 결혼과 동시에 자동으로 주어진 주부라는 직업. 내가 살고 있는 이 집이 일터고 삶이다. 정규직이지만 최저시급 8,350원으로도 계산된 적 없으며 이십여 년 가정에 정신적 육체적 투자를 했지만 그에 대한 수익률이 얼마인지 알 수 없다. 결국 나도 카트처럼 이 제도권에 머물며 몇 평 되지 않는 집과 반경 1~2킬로미터 사이를 종종거리다가 늙어갈 것이다.

하지만 카트도 꿈꾸고 있지 않을까. 진정한 자유가 주어질 날을, 이 제도권에서 이탈할 날을.

선글라스를 스캔하다

안경이 아니다.

안경의 사촌쯤 되는 모양새. 안경이 시력을 보정해주는 역할이라면 선글라스는 눈을 보호한다. 안경과 비슷하지만 쓰임새와 속성이 달라 호환이 불가능하다. 눈부시다고 안경을 쓸 수는 없는 일. 보이지 않는다고 선글라스를 쓰는 것은 더더욱 안 될 일.

패션이다.

안경은 쓰고 선글라스는 입는다. 캐주얼 차림도, 정장 차림에도 잘 어울린다. 여름 해변이 아니어도, 햇빛이 찬

란한 거리가 아니더라도 선글라스는 당당하다. 실내나 전철 어디에서나 자연스럽다. 모자처럼 신발처럼 패션의 일부다. 기능보다 개성이 우선인 시대.

세상으로부터의 차단.

본래의 기능은 자외선 차단. 부가적 기능은 심리적 차단. 1센티미터도 되지 않는 유리막 하나는 1미터보다 더 두꺼운 마음의 거리를 느끼게 한다. 눈을 볼 수 없다는 것은 상대를 파악할 수 없다는 것. 눈을 보아야 비로소 마음을 파악할 수 있다. 눈은 마음의 창이니까. 그렇기에 선글라스를 쓰고 상대를 본다는 것은 마음의 문을 열 의지가 전혀 없다는 뜻으로 봐도 무방하다.

딴짓하기.

정면을 바라보지만 아무도 모른다. 선글라스 안에서 딴 곳을 바라볼지. 수업 시간에 꼭 '딴 짓'하는 아이들이 있었다. 책을 세워놓고 엎드려 만화책을 보기도 했고 거울을 꺼내놓고 보기도 했다. 들키면 반성문을 쓰거나 담임선생님께 불려가지만 들키지 않으면 거듭되는 놀이다.

주목받고 싶을 때.

'드러내기'는 선글라스의 또 다른 매력이다. 차단하고 감추는 기능도 있지만 동시에 존재감을 드러내기도 하는 용도가 다양한 물건임에는 틀림없다. 연예인뿐 아니라 일반인도 즐겨쓴다. 돋보이고 싶은 마음을 충족시켜주는 기능으로 자리매김했다.

내부 수리 중.

얼굴의 유지, 보수, 재건 후에 햇빛을 차단하는 기특한 물건이다. 얼굴 공사가 유행이다. 나이가 많아도 젊어보이는 연예인들이 많다. 이들을 볼 때 드는 생각은 시간을 거스른 미모보다는 놀라운 의학의 발전이다. 의학은 병만 고치는 것이 아니라 팔자도 고친다. '다 뜯어고친' 얼굴로 인생 2막을 사는 사람도 있다. 단, 공사를 하기 전 약간의 고민은 필수다. 전체를 갈아엎든, 부분 리모델링을 하든 공사에는 적지 않은 자금이 필요하니 투자대비 수익률을 반드시 따져볼 것.

일탈.

일상에서 한 발자국 걸어나올 때 선글라스를 준비한다. 드라이브나 산책과 같은 잠깐의 외출에도, 여행을 할 때에도 꼭 챙긴다. 선글라스를 쓴다는 것은 일상을 깨뜨리는 행위다. 무엇을 깨뜨릴 때 쾌감이 따라온다. 오랜 망설임과 고민을 거듭하다 떠나게 되면 뒷일보다는 해방감이 앞선다. 선글라스를 끼고 이국의 카페에서 커피 한 잔을 마실 때, 혹은 해안도로를 드라이브할 때 일탈은 더욱 짜릿하다. 작은 도발을 위해 선글라스 하나쯤은 필수품.

권력.

'ray ban'은 알아도 '라이방'은 모른다. 라이방을 아는가 모르는가는 보릿고개를 아는 세대와 모르는 세대로 나누는 것처럼 확실한 기준점이다. 라이방을 보면 뭔지 모르게 주눅이 드는 세대가 있었다. 라이방과 군복. 박정희 전 대통령을 아는 사람들은 그냥 지나칠 수 없는 단어. 빛나는 검은 유리알은 상대방의 가슴까지도 뚫을 수 있을 만큼 눈부셨다. 이 선글라스 앞에서는 누구도 대들지 못했다는데 군복과 매치된 선글라스만 봐도 심장이 쪼그라드는 증후군을 가진 세대도 존재했다는 후문. 유사한 것으로는 방망이와 군화만 봐도 숨이 막히는 증후군이 있었다.

상전.

선글라스가 나를 썼다. 나를 쓰고 앉아 사물을 보고 사람을 재본다. 어둡게 보거나 밝고 환하게 보거나 내키는 대로 사고하고 맘대로 단정한다. 나는 때때로 선글라스에게 휘둘린다. 본질 너머를 보지 못하고 허방을 짚을 때도 있다. 어떤 선글라스는 안경보다 더 비싸다고 알아달라고 하거나 수입 자동차만큼 거만하기도 하고 명품 가방만큼 사치스럽게 굴기도 한다. 그래도 어쩌지 못한다. 오히려 흠집이 생길까 헝겊으로 감싸주고 먼지가 쌓일까 닦아주고 편하게 쉬라고 화려한 케이스 안에 고이 모신다. 상전이다. 오늘도 선글라스는 내 콧대를 깔고 앉아 세상을 본다. 세상이 코 아래다.

왕년.

인생의 화려한 시기는 선글라스를 썼던 시간이다. 대부분은 나이가 들면서 관계망이 단순해지기 시작한다. 사회생활이 하나둘 끊기면서 행동반경이 줄어드는 노년은 외출할 일도 드물다. 젊었을 때는 선글라스를 쓰고 여러 곳으로 다니지만 노년에는 선글라스를 쓸 일보다 돋보기를 쓸 일이 더 늘어난다.

아버지의 왕년은 빛바랜 사진 속에 존재한다. 젊은 아버지는 선글라스를 쓰고 찍은 사진이 유난히 많다. 영화배우 같다. 영원히 늙지 않는 배우. 사진은 변색되어도 사진 속 아버지는 늙지 않는다. 다만 늙은 아버지는 이제 선글라스를 쓰지 않을 뿐이다.

7일 동안

월요일. 대롱 하나가 목에 꽂혀 있는 것처럼 빽빽했다. 몸은 전보다 다른 느낌을 전해왔다. 따뜻한 물을 마시며 버텼다. 설마 감기는 아니겠지. 몸이 점점 바닥으로 가라앉았다. 예고였다.

화요일. 기온이 뚝 떨어지던 날이었다. 예고를 무시하고 수영을 했다. 미처 말리지 못한 머리카락이 얼고 칼로 내리치듯 한기가 등으로 꽂혔다. 예감이 적중했다. 저녁부터 몸 여기저기에 전운이 감지되었다. 불길한 예감은 왜 비껴가지 않는 것인지.

수요일. 면역체계가 가동되기 시작했다. 백혈구가 전열을 가다듬는 듯했다. 컵 속의 물이 출렁이듯 머리가 움직일 때마다 피도 한쪽으로 몰렸다. 기침이 날 때마다 체액이 쏟아질 듯했다. 그때까지도 대수롭게 여기지 않았다. 오판이었다. 얕잡아본 상대에 코가 눌리기까지는 그리 길지 않은 시간이 들었다.

목요일. 세상이 흔들렸다. 아니, 우주가 흔들렸다. 나갈 일이 있었지만 갈 수가 없었다. 두통이 오자 눈이 통증을 호소했다. 근육도 모두 들고 일어나 데모를 하는 듯했다. 피부는 미세한 접촉에도 소스라치게 놀랐다. 작은 소리에도 신경이 곤두섰다. 기침을 하려면 머리가 흔들리지 않게 두 손으로 감싸야 했다. 미처 휴지를 준비하기도 전에 콧물이 제 맘대로 흘렀다. 왼쪽으로 누우면 왼쪽 코가 막혔고 오른쪽으로 누우면 오른쪽이 막혔다. 낮에는 국군이, 밤에는 인민군이라는 말처럼 좌우로 쏠리는 몸이었다. 나도 모르게 거친 숨소리가 새어나왔다. 내 의지로는 통제가 불가능했다.

고통의 영역과 강도는 꽤나 넓고 단계적이었다. 그렇게

다양하고 번잡스럽게 아플 줄이야. 얼마나 아픈지를 1에서부터 10으로 등급을 놓고 느껴보기로 했다. 절반을 넘긴 6이나 7 같았다. 10까지 가지 않은 것이 다행이었다. 아픔을 느낄 수 있는 것도 다행이었다. 아픔을 느끼지 못한다면 살아 있는 것이 아니었다. 아프고도 아프다는 말을 못하는 것은 살아 있는 것이 아닐 것이다. 침묵하는 지성이 비난받는 것도 그런 이유일 것이다. 죽은 지성은 존재 이유가 없으니까.

금요일. 열이 났다. 전세는 매우 불리했다. 열은 내 몸을 바삭하게 태워버릴 기세였다. 아군과 적군이 치열하게 싸우고 있다는 증거였다. 머리가 너무 무거웠다. 그 동안 이렇게 무거운 머리를 몸의 가장 윗부분에 얹어놓고 다녔구나 싶었다. 얼굴도 예외는 아니어서 눈이 튀어나올 것 같았다. 책 한 페이지, 한 줄도 읽을 수 없었다. 무게가 느껴졌다. 등을 바닥에 대고 누우면 눈이 쇠구슬로 변해 피부 안쪽으로 들어가 박히는 것 같은 압력을 전달했다.

그 압통을 느끼지 않으려면 의자를 뒤로 눕히고 발을 올려 수직과 수평의 중간 지점에 몸을 뉘어야 했다. 나는 정비례 그래프처럼 의자에 의지하여 바닥과 허공의 어느 지점에 비스듬히 기울어져 있었다. 자전축이 적당한 기울기로 있어야 계절이 안정적으로 유지되듯 균형도 중요해서 어느 한쪽으로도 치우치지 않게 있어야 했다.

이 경험은 꽤나 특이한 느낌을 주었다. 적당한 지점에서, 적당한 온도로 살아간다는 것이 쉬운 일은 아니라는 것을, 그 기울기가 점점 바닥으로 기울어져 평평해질 때 비로소 내 모든 일정도 끝난다는 것을 감기를 앓으며 깨닫다니. 다짐했다. 적당한 기울기로 살아가자고, 그리고 적당히 아프자고. 제발.

토요일. 계속 아프면 병원에 가려고 했다. 전세가 불리하면 주변국에 지원병을 요청하는 법. 이비인후과에 가면 의사가 내 몸에 보낼 용병들을 물색해서 처방해주거나 필요하면 주사기로 발 빠른 특수요원을 투입해주기도 하니까.

하지만 그럴 필요는 없었다, 새벽까지 눈이 무거웠는데 다행히도 아침이 되니 훨씬 부드러웠다. 여전히 머리가 울렸지만 눈을 뜨고 책을 볼 정도는 되었다. 전시작전권을 의사에게 넘겨주지 않은 보람이 있었다. 적의 퇴각은 초읽기에 들어갔다. 몸살이 조금씩 수그러들기 시작했다.

커피 향이 잠을 깨우는 느낌이 좋았다. 부엌 창문으로 들어온 햇살이 눈부셨다. 식구들의 말소리는 정겹고 수도꼭지에서 물이 쏟아지는 소리도 경쾌했다. 드라이어로 머리를 말리는 소리도 전혀 시끄럽지 않았다. 숨을 쉬고 있는 것, 풍성한 머리카락이 두피를 감싸고 있다는 것, 하다못해 문자를 보내기 위해 휴대폰을 누를 수 있는 손가락이 열 개나 된다는 것도 축복이었다.

일요일. 적의 패잔병들이 약간 남아 있었지만 전세는 완전히 회복되었다. 바이러스는 내 몸을 그렇게 분탕질을 하고 이레 만에 물러갔다. 열을 지피던 몸은 전쟁의 상흔으로 폐허가 되었다. 눈 밑은 그림자가 들이치고 볼은 움푹 패고 피부는 다 들떴다. 코 밑은 헐었고 입술도 갈라졌다. 며칠 운동을 못했다고 근육도 축 처졌다.

집안도 전쟁을 치른 듯했다. 콩케팥케 분리 안 된 세탁물, 라면봉지가 굴러다니는 부엌, 거실은 청소를 언제 했는지 기억도 안 났다. 재건하고 정비하는 데 하루에서 이틀 정도 걸렸다. 감기 덕분에 사십대의 어느 마지막 7일을 코 푼 휴지와 함께 침대에서 보냈다. 그래도 좋았다. 새해 첫 날이었다.

춘천에 가면

봄이 오는 춘천, 소양강에 가리라. 4월 어느 날. 아침부터 서둘러 서울-춘천 고속도로를 달리리라. 가지마다 탐스런 소양강댐 벚꽃을 보러. 봄바람에 꽃잎은 흩날리고 나는 휘파람 불며 가리라.

겨울이 오면 소양강에 가리라. 물보다 찬 공기가 습기를 머금은 나무에 입김을 불면 하얗게 꽃이 피는 상고대. 바람이 불어오는 방향으로 점점 커나가는 얼음꽃. 겨울 아침, 전설처럼 피었다가 사라지는 상고대를 보러 새벽잠 털고 졸린 눈 비벼가며 가리라.

강을 낀 조그만 마을. 그런 마을이 보인다면 차를 세우고 주변을 둘러보리라. 강변 어디쯤에 낡은 나룻배가 있는지, 바위에 다닥다닥 고둥이 모여살고 있는지 찾아볼 것이다. 마을은 강을 허리에 끼고 낮은 언덕과 교회를 껴안고 있을 것이다. 그 언덕 밑 골목으로 난 길에 아직도 '라면땅'이며 '쫀디기'를 파는 구멍가게가 있는지 두리번거리며 찾아보리라. 가만히 둘러보면 분명 심심한 골목을 배경으로 낮게 엎드린 가게가 보일 듯 말 듯 있을 것이다.

그 구멍가게 안으로 들어가리라. 격자무늬 유리문을 드르륵 밀고 들어가면 설탕을 뿌린 젤리며 커다란 눈깔사탕이 유리상자 안에 있고 벽에는 먼지 쌓인 과자 봉지가 있으며 한쪽 모퉁이 나무의자엔 파리채 들고 깜박 고개를 숙인 고모가 간간히 졸고 있는 풍경 하나가 있을 것이다. 게으른 오후 햇살이 구멍가게 유리문을 지나 젊은 고모의 꽃무늬 원피스 자락으로 조용히 스며들고 동네 아이들은 어디로 갔는지 하나도 보이지 않던 그 시간이 그대로 있을 것 같은 그곳. 젤리나 사탕이 조금씩 없어져도 내게 가져갔냐고 묻지 않던 고모. 그 고모가 하던, 먼지 알갱이 하나까지도 투명해 보였던 가게를 찾아볼 것이다.

좁고 기다란 통나무 의자. 거기에 걸터앉아 바나나 우유도 마셔보리라. 물어물어 골목길에 숨은 초라한 목욕탕에 가서 목욕을 하고 채 말리지 못한 젖은 머리를 털며 작은 항아리 모양의 바나나 우유를 살 것이다. 고모를 따라, 고종사촌 영순이 언니를 따라갔던, 쌀을 둥그런 가마니에 쏟아놓고 팔던 '싸전'을 지나 유리 진열장에서 '쓰봉'에 '우와기'를 입은 마네킹이 쳐다보는 양장점을 지나 들어간 목욕탕. 내 몸에 들러붙은 눈치를 미느라 어지간히 애쓴 고모가 사 준 바나나 우유. 처음으로 맛본 노랗고 부드러운 음료. 시간을 거슬러 먼 공간 속에서 온 다디단 기억을 마셔보리라.

춘천시 근화동. 고모 집을 찾아가리라. 꽃무늬 원피스를 입은 젊은 고모대신 이제는 다 늙은 고모가 그곳에 계실 것이다. 춘천고모 최금순. 찾아가서 말라비틀어진 고모의 젖을 만져보리라. 막내였던 고종사촌 영순 언니가 무시로 주무르곤 했던, 차마 만지지 못했던 그 젖. 그곳에 가면 내게도 만져보라고 제 것인 듯 인심 쓰던 영순 언니 목소리도 들려올 것이다.

아마도 고모는 그새 바싹 늙어버렸으리라. 손에 힘이 없어서 물을 마시려면 앞자락에 어느 정도는 흘려야 드실 수 있을지도 모른다. 낭랑하고 우아하게 울리던 말씨는 더욱 느리고 탁해졌을지 모른다. 어쩌면 뚱뚱해졌을지도 모른다. 삶을 버텨주던 관절도 닳아 앉고 일어설 때 무언가를 붙들지 않으면 기력 달리는 몸이 그대로 주저앉을지도 모른다. 그리고 잊었을지 모른다. 고만고만한 자식들 건사로 허리가 휘어질 때 친정 조카까지 키워야 했던 짜디짠 시간을 그만 까마득하게.

낯선 동네를 거닐다가 문득 울어버릴지도 모른다. 잊었던 기억에 몸이 흔들릴 것이다. 『어두운 상점들의 거리』에서 잃었던 기억을 찾아낸 기 롤랑, 아니 페드로처럼. 아리고 서러운 시간 한 조각이 불현듯 떠오를지도. 그러면 나는 인생에서 중요한 것은 미래가 아니라 과거라고 한 책 속의 문장을 곰곰이 생각하겠지. 고모네 가게에서 훔친 젤리를 아무도 모르게 입안에 넣고 씹을 때의 느낌처럼, 어떤 덩어리들이 목을 타고 내려와 가슴께를 뻐근하게 누르던, 조금은 서글펐던 기억이 근화동에 가면 질겅질겅 되살아날지도 모르겠다.

좁디좁은 골목길을 걷다보면 유년의 나와 마주칠지 모른다. 골목 어디쯤에서 일찌감치 마음 숨기는 법을 터득했던 아이가 불쑥 튀어나올지도. 누군가 물으면 식구들 누구도 보고 싶지 않다던. 절대로 보고 싶지 않다던 아이가 생각날지 모르겠다. 그러면 '니네 집에 가'라고 했던 사촌오빠의 목소리가 후려치기라도 할 것처럼 뒤따라올지도 모르겠다.

춘천을 떠나는 날 고모는 내게 감색 '판타롱' 바지를 사 입혔다. 목욕탕 가는 길에 보았던 양장점에서 사왔을 것으로 짐작되는, 넓은 밑단에 꽃으로 수를 놓은 감색 바지. 나팔바지가 복사뼈 위로 올라오도록, 쑥 자란 몸이 더 이상 들어가지 않게 될 때까지 입었다. 잊히지 않는 것은 그 새 바지를 입고 떠나던 날 보았던 고모의 눈빛이었다. 그 축축했던 눈빛. 지금까지도 잊히지 않고 남아 언제 어느 때 춘천으로 날 떠다밀지도 모를 그 눈빛.

만약 어느 날, 소양강에 가게 된다면 기억을 통째로 쏟아버리고 올지 모른다. 만질 수도 없는 과거가 울컥 현재를 걸고넘어지던 일을 강에다 던져버리리라. 하얗게 비우고 강변 카페에서 커피로 속을 채우며 휴대폰 카메라로 주변 풍경이나 한가롭게 찍을지도 모른다.

기억은 어쩌면 존재하지 않는다. 현재는 어차피 내일이 되면 또 과거가 될 것이므로. 오래되어 구석으로 밀린 기억이 망각으로 흐르는 것 또한 자연스러운 일. 희미한 기억은 안타깝다가 결국 그런 일이 있었는지조차 가물가물해지겠지.

고모의 깊은 눈가가 잘게 주름지고 맥없이 짓무르는 동안 서서히 가벼워졌을 기억은 둥둥 떠다니다가 공지천의 물안개처럼 어느 날 증발해버리고 말 것이다. 꽃잎처럼, 혹은 상고대처럼. 그래서 춘천에 갔었는지조차 기억하지 못할 것이다.

춘천은 그런 곳일지 모른다. 안개처럼 신기루 같은 도시이므로 벚꽃 지는 걸 보러 왔다가, 상고대를 보러왔다가 닭갈비에 막국수나 후루룩 먹고 슬쩍 해 저문 강변에나 가서 〈소양강 처녀〉 한 소절을 싱겁게 불러보다 오는 그런 곳일지 모른다. 가슴 먹먹한 유년의 기억으로 가는 아름답고 슬픈 도시가 아닐지도 모른다.

체크무늬의 철학

네가 나에게 온다. 예정된 지점으로. 우리가 약속한 곳은 수직과 수평이 만나는 곳. 그곳이 우리의 이름이었다. 너는 위로 나는 옆으로. 굽힐 줄 모르고 돌아갈 줄 모르는 두 개의 직선이 만난다. 우연이 아닌 예견된 숙명이다. 하늘로 뻗는 나무와 바닥으로 줄기를 내미는 메꽃처럼.

내가 너에게 간다. 발목을 문 그림자 같은 과거를 데리고, 유추할 수 없는 미래를 등에 지고. 너는 나의 이마를 가볍게 스치고 나는 네 옷자락을 매만지다 간다. 단 한번일지라도 우리의 인연은 풀어지지 않는 무늬로 남는다.

너의 주장과 나의 요구가 합일점을 찾는다. 내가 꿈꾸는 이상, 네가 생각한 현실은 다른 곳을 바라본다. 그 다름을 인정한다. 세로의 일방적인 독주를 가로가 견제하여 균형을 맞추는 것처럼 우리가 빚어내는 어울림은 차분하고 지적이다.

결이 다른 음색이 만나 하모니를 이룬다. Over cross. 아직은 가늘고 여린 나의 선이 거칠고 넓은 너의 세계를 향해 간다. 걸러지지 않는 감정과 정제된 이성이 만난다. 파닥이는 감성과 명료한 자각이 교차한다. 씨줄과 날줄이 만나듯. 우리는 그것을 체크라 부른다.

체크무늬 손수건을 기억한다. 눈물을 받아낸 손수건. 그것을 건넸던 따스한 손이 오래도록 생각났다. 지금 이렇게 스쳐가지만 또 다른 생이 있다면 우리는 분명 90도의 각으로 다시 만나겠지. 체크무늬처럼.

스무 살의 내가 물었다

주말 저녁의 커피숍. 차를 시키고 책을 펼치는데 누군가 앞에 와서 앉았다. 고개를 들어보니 팽팽하게 어린 여자다. 얇은 스타킹, 짧은 치마의 경쾌한 옷차림에도 불구하고 표정은 어두웠다. 긴 생머리. 화장기 없이 하얗게 그늘진 얼굴. 우울해 보이는 얼굴이 낯익었다. 내가 알고 있는 사람. 아득한 이십여 년 전 거울 속에서 보던 나.

스무 살의 나였다. 그렇게 눈부신 날이 있었다. 바람 빠진 풍선 같은 지금의 나와는 달랐다. 중력을 고스란히 받아낸 나와 시간을 질러 과거에서 온 탄력적인 젊은 내가 테이블을 두고 서로를 마주보았다.

가녀린 체구와는 대조적인 강렬한 이목구비가 당당해 보였다. 가능성이라는 시간을 가진 아름다운 스무 살. 그녀가 나를 찾아왔다. 하지만 반갑기보다 당혹스러웠다. 생각지 못했던 교통범칙금 고지서가 날아든 것처럼.

꼭 그날이어야 했을까. 쾌적하지 못한 주말, 무언가 채워지지 않은 허기 때문에 후줄근한 일상을 세탁바구니에 던져두고 카페에 갔다. 하필 구깃구깃하게 구겨진 날에 예전의 나를 만나다니.

왜 날 찾아왔는지 물었다. 그녀는 나를 찬찬히 훑어보더니 입을 열었다. 재수를 해야 할지 고민 중이라고 했다. 사십대의 나라면 속 시원하게 알려줄 수 있겠다고 판단한 모양이었다. 하긴 그때의 나는 무엇이든 잡고 싶었다. 사는 것이 막막했다. 할 수만 있다면, 시간을 추월할 수 있다면 몇 십 년 뒤의 나에게 가서 묻고 싶었다.

스무 살의 내가 말했다. 투명하지 않은 미래는 불안하고 확신이 서지 않는다고 했다. 뭘 좋아하는지도 모르고 어디로 향해 갈지도 모르겠다고. 지금의 상태, 아무것도 하고 있지 않은 현재가 두려워 견딜 수 없다고. 예약하지 않은 미래가 어떤 형태로 도래할지 무섭고, 행복이란 것은 아무래도 자신과는 교집합이 될 수 없다고.

나는 조용히 들어주었다. 그리고 불안한 눈빛의 그녀에게 말해주었다. 너는 잘 해나갈 것이라고. 그렇게밖에 달리 해줄 말이 없었다. 그녀는 내가 산 이십여 년을 짐작할 수 없을 것이었다. 내가 건너왔던 찝찔하고 버거운 시간을 미리 말해줄 수 없었다. 어떻든 지금의 자리에 내가 있으니까 잘 견딜 것이라고 밖에 달리 말을 할 수 없었다. 별다른 수확을 얻지 못한 그녀의 어깨가 처지는가 싶더니 내 눈을 깊게 응시했다.

"너, 행복하니?"

스무 살의 내가 중년의 내게 물었다.

다림질하다 손등을 데인 듯 뜨끔했다. 왼쪽 팔로 얼굴을 괴고 삐딱하게 날 쳐다보는 스무 살의 나. 행복을 측정하는 기계라도 들이댈 모양으로 나를 빤히 바라보았다. 행복하지 않다고 느끼던 바로 그날에.

"약간."

행복의 바로미터가 없기에 긍정도 부정도 아닌 어중간한 대답을 했다. 불행하지도, 너무 행복해서 허우적거리지도 않을 만큼의 '약간'이라는 말. 근사하게 보이는 상자 안에 든 허름한 선물 같은 내 삶. 그것을 우아하게 덮을 때 곧잘 쓰는 어휘였다.

그때 그녀의 얼굴에 코웃음이 비쳤다. 마치 커다란 알반지를 끼고 불어난 허리를 밍크코트로 가린 사모님들을 볼 때 느꼈던 매스꺼움이었다. '그 정도 휘메일 코트female coat면 밍크 몇 마리가 가죽이 벗겨져야 하는지 짐작이나 해보셨나요?'라고 들이대고 싶었던 시절의 그 얼굴빛.

"약간이라고?"

경멸스러운 시선이 이마에 와닿았다. 굳이 속물이라는 말을 하지 않아도 이미 다 알고 있다는 눈빛. 스무 살 나에게조차 사실대로 대답해줄 수 없는 것은 중년 특유의 여유인지 아니면 가식인지 확실치 않았다. 다만 그녀에게 빤한 일상을 고백하여 실망을 주고 싶지 않은 마음은 확실했다.

이성적인 인간으로 살 때 행복하다는, 행복 그 자체가 자족적이며 궁극적이고 최고의 선이라고 했던 아리스토텔

레스. 하지만 세상 온갖 불행을 짊어진 것 같은 그녀, 혹은 나에게 아리스토텔레스가 도움을 주진 않았다.

때로는 행복하다고 느끼다가도 때로는 불행했다. 내가 지금 누리는 것이 행복이 맞을까 불안했고 내 행복에 확신이 서지 않았다. 그날이 그랬다. 그래서 혼자 카페에 갔고 내가 불행한지 아니면 우울증을 가장한 심리적 사치인지 생각하는 중이었다. 나는 결국 그녀에게 털어놓았다. 어차피 그녀도 살면서 알게 될 터였다.

"사실 나도 그게 좀 궁금해. 내가 행복한지 불행한지. 요즘 좀 우울하거든."

울컥울컥 올라왔다. 먹고 사는 문제가 그리 힘들지 않게 되자 생기는 고민일지 몰랐다. 어쩔 수 없이 포기했던 것에 대한 기회비용을 누군가에게 청구하고 싶었다. 특정인에 대한 분노부터 시작하여 나에 대한 원망으로 끝났다.

좀 더 박박 우기고 덤벼들지 않았던 것에 대하여. 내 몫의 권리를 요구하지 않았던 것에 대하여. 오기를 부리지 않았던 것에 대하여. 나를 사랑하지 않았던 비겁한 내 자신에 대하여 시비를 걸고 싶었다. 그때는 그것이 나름의 방법이었을지도 모르지만 최선이 따로 있지 않았을까를. 과거는 과거에서 끝나지 않았다. 현재진행형으로 오는 우울한 마음은 지난 과거의 일까지 소급 적용해서 나를 허탈함 속으로 떠다밀었다.

왜 난 잘 살지 못했을까. 스무 살의 나에게 고작 이런 모습을 보여줄 수밖에 없다니. 좀 더 행복하고 당당한 모습을 보여주지 못해서 부끄러웠다. 난 그녀 앞에 놓인 길을 훤히 알고 있었다. 얼마나 많은 날을 울게 될지. 얼마나 많은 날을 넘어지고 생채기가 날지.

그래서 미안했다. 그녀의 가는 손목을 보니 눈이 시렸다. 그 손목으로 살아내야 할 사시랑이 같은 날들을 생각했다. 난 고개를 숙였다.

"미안해. 행복하지 못해서."

그 말끝에 난 조금 울었다. 고개를 들어보니 맞은편 자리가 비어 있었다. 손이라도 한번 잡아줄 것을. 그녀가 앉았던 자리를 보며 스무 살 나를 생각했다. 어쩌면 그녀가 나를 찾아온 것이 아니라 내 속의 내가 그녀를 불러낸 것일지도 몰랐다.

까까

동창회. 그것도 촌스럽고 투박한 초등학교 동창회란 말. 낯익은 얼굴과 취기어린 건배가 생각나는 그 말을 잡고 툭툭 털면 과자부스러기처럼 떨어지는 이름 하나가 있다. 초등학교 기억의 어디쯤에 있던 이름. 까까.

그 애의 이름이 처음부터 '까까'는 아니었다. 두어 번 나와 짝이 되었던 아이의 이름은 우섭이었다. 그 애의 이름은 그저 평범하고 부르기 쉬웠다. 내가 그 애에게 '우섭아'라고 부르면 이렇게 말했다.

"왜 자꾸 나더러 웃으라고 해?"

"내 이름은 우섭이고 울 형 이름은 울업이야."

희멀건 얼굴. 웃음이 흐르는 입가. 늘 뭔가를 생각하고 있던 그 애의 까만 눈. 수업시간에는 지우개를 연필심으로 판다거나 돋보기로 종이를 태운다던가 하는 소일거리로 여유롭게 시간을 보냈고 쉬는 시간이면 애들과 장난을 치거나 약을 올리는 일로 짧은 시간을 꽉 채워 썼다. 그러다 험악하다 싶으면 슬쩍 얼버무리고 재빨리 화장실로 내뺐다.

그 애가 하는 말과 행동은 아이들을 웃기곤 했다. 심지어 선생님께 맞을 때에도 아이들은 웃었다. 손바닥을 맞기도 전에 몸을 비비꼬고 맞는 중간에도 팔짝팔짝 뛰며 피했다. 선생님이 회초리를 들고 쫓아가면 하얗게 질려 아예 교실 밖으로 달아나기도 했다.

아이들은 그런 대책 없고 재미난 일이 자주 일어나기를 기다렸다. 그래서 억울할 때도 있었다. 칠판 한 귀퉁이에 있던 '떠든 사람' 명단에는 늘 우섭이의 이름이 첫 번째로 있었다. 청소 안 하고 도망간 사람, 숙제 안 해온 사람에도 그 애는 빠지지 않았다. 우르르 몇 명이 청소를 안 하고 가도 우섭이만 적혔고 떠들지 않았어도 칠판에 이름이 적히는 단골이었다.

어느 날 그 애가 머리를 빡빡 밀고 왔다. 바짝 마른 몸에 큰 키, 거기에 까까머리. 웃음이 나왔다. 이후로 아이들은 우섭이를 '까까'라고 부르기 시작했다. 그 애를 기억할 때 가장 앞서서 따라오는 말. 까까.

"야. 홍까까"

성이 홍이었다. 그 애를 나타내는 말 중에서 그것처럼 딱 들어맞는 말은 찾기 힘들었다. 어쩌다 얻어걸린 그 별명은 잘 맞는 옷처럼 잘 어울렸다. 그 애처럼 어딘가 헐거워보이고 가벼워보였다. 하지만 그 애가 정말 헐겁거나 가볍지는 않았던 것 같다.

내가 그 애를 기억할 때 자연스레 따라붙는 것이 있는데 그것은 벌레였다. 까까는 크고 시커먼 사슴벌레를 가져와서 자랑을 하곤 했다. 그런 날 까까의 목소리는 잔뜩 힘이 들어가 있었다. 평소 뒤에서 작은 소리로 흉을 보거나 볼멘소리를 하던 애가 아니었다. 폼나게 큰소리를 치며 아이들을 휘어잡았다. 물론 공부하는 애들 몇몇은 아예 관심도

두지 않았지만 나머지 아이들은 그 애의 책상을 떠날 줄 몰랐다.

어디에서 잡아오는지 사슴벌레 두 마리를 가져와서 책상에 올려놓으면 남자 아이들이 몰려들었다. 남자 아이들의 까맣고 동그란 머리가 까까의 책상으로 오글오글 모여들면 반대로 여자애들은 질색을 하며 흩어졌다.

반질반질하고 단단한 등, 날카로운 집게. 애들은 그것을 집게벌레라고 불렀다. 사슴벌레라는 이름은 나중에 알았다. 간혹 집게가 붉은 놈도 있었다. 그 놈은 '불집게'로 불렸다. 아이들은 쉽게 만질 수 없었지만 까까는 손바닥 위에 올려놓기도 하고 앞에 앉은 여자애의 어깨에 올려놓아 울리기도 하면서 조련사처럼 벌레를 잘도 만졌다.

사슴벌레는 다른 물건과 교환되기도 했다. 한 마리에 보름달빵 하나라던가, 샤프 한두 개로 흥정이 이루어졌다. 현금 거래도 마다하지 않았다. 마리당 120원씩 받아서 240원을 챙겨가기도 했다. 대가성 거래가 이루어지기도 했다. 까까가 하지 못하는 숙제를 해준다던지 청소 당번을 대신 해준다던지 했다. 거래는 한번에 바로 성사되지 않았다.

성능이 덜 좋은 샤프 한 개와 바꾸자고 할 때는 뜸을 들이고 얼마나 힘들게 잡았는데 기껏 샤프 한 개냐고 코웃음을 쳤다. 그러면 상대는 샤프와 먹던 '쫀디기'를 끼워서 사슴벌레와 맞바꾸었다. 아마도 그 애의 집엔 샤프가 50개는 넘게 있었을 것이다.

홍정이 이루어지지 않는 날에는 책상 위에 올려놓고 싸움을 시켰다. 불집게가 이길 것이라는 아이도 있었고 검은 집게가 이길 것이라는 아이도 있었다. 불집게와 검은 집게의 싸움은 아이들을 흥분하게 만들었다. 그 싸움은 까까와 짝인 내가 같이 쓰는 책상에서 이루어졌다. 싸움이 끝날 쯤엔 두 마리 중 한 놈은 숨이 끊어지거나 두 놈 다 살아 있더라도 양쪽 모두 기진맥진했다. 다리 한 짝이 덜렁거리기도 했다. 그러면 까까는 울상이 되었다. 상품가치가 떨어진 사슴벌레를 도로 가져왔던 상자에 넣었다.

남자 아이들은 사슴벌레를 어디서 잡았는지 몹시 궁금해했다. 살살 기분 좋은 말을 해서 환심을 사려고 했지만 절대 알려주지 않았다. 아주 힘들게 잡았다는 것과 그 벌레의 숨겨진 힘이 어마어마하다는 것 따위를 떠벌렸다. 그 애의 말은 10퍼센트의 진실과 90퍼센트의 허풍으로 이루어졌다는 것을 알면서도 애들은 그 말을 믿고 싶어했다.

잡은 곳을 정 알고 싶으면 학교 끝날 때 책가방을 들어주고 자신을 따라오라고 하기도 했다. 얼마의 대가를 챙겼는지는 모르지만 정보는 별 신통력이 없었다. 사슴벌레의 본거지를 알아낸 아이는 없던 것 같다. 잡아오는 아이가 까까 말고는 아무도 없었으니까.

벌레를 가지고 오던 날의 1일천하는 그렇게 끝이 났다. 다음 날이면 교실의 구도는 예전대로 돌아갔다. 하루의 권력으로 어떤 이익을 챙겼는지 짝이었던 나도 다 알 수는 없었다. 가끔 매미라든가 장수하늘소 같은 곤충을 잡아오기도 하며 재집권을 시도하기도 했다. 권력의 단맛은 한번 맛보면 잊을 수가 없는 모양이었다. 하지만 여러 번 기회를 잡기엔 여름이 너무 짧았다.

완력이나 공부로 서열이 매겨지던 남자애들 사이의 질서를 하루쯤은 바뀌게 하던 아이. 특이한 발상과 포퓰리즘을 이용해 아이들을 사로잡는 능력이 탁월했으며 타고난 언변으로 주위를 현혹하여 자신에게 유리한 상황을 만들었던 아이였다. 현물경제를 애용하며 학력을 개미 오줌만큼이나 무시하고 교실의 체제전복을 꿈꾸던 아이였다. 평범하지 않은 쪽으로 두뇌회전이 빨랐는데 공부를 하는 데에는 그 훌륭한 머리를 1퍼센트도 사용하지 않았던 것 같다.

뭐라고 해야 그 애를 표현할 수 있을까? 그 애는 정치가였고 선동가였다. 귀여운 사기꾼이기도 하고 수완 좋은 장사꾼이기도 했다. 사업가이기도 했으며 개혁가이기도 했다. 초등학교의 기억을 뒤적이다보면 빠지지 않고 생각나던 독보적인 캐릭터였다.

나중에 까까는 내게 사슴벌레를 잡는 비법을 알려주었다. 작은 목소리로 속삭이듯.

“오래된 참나무를 보면 왕벌이 수액을 빨아먹고 있어. 너 왕벌 알지? 이따만 한 벌. 그 왕벌이 가고 저녁이 되면 사슴벌레가 수액을 먹으려고 올라와. 그 수액을 좋아하거든. 그때 잡는 거야. 그런 참나무 밑동을 파보면 영락없이 사슴벌레가 있어.”

뿔 하나 가지는 일

물방개처럼 생긴 하얀 아벨라. 그 차가 좋았다. 전 재산을 털어 산 내 생애 첫 차. 그 차를 몰고 뽐내야 했지만 하천주차장으로 가서 우는 일도 있었다. 언제든 엎어버릴 수 있다고 생각한 세상은 그리 만만치 않았다. 유리벽을 뚫고 낭떠러지 끝까지 차를 몰고 싶었던 이십대가 있었다.

아이를 낳고 엄마가 되면서 비겁해지는 법을 터득했다. 유리벽을 뚫는 대신 그 벽 안에서 안전하게 사는 방법을 모색했다. 목소리를 낮추고 손익계산을 하고 뒤로 돌아갈 줄도 알게 되었다. 속이 터져도 참고 두 눈 멀쩡히 뜨고도 모르는 척하며 살았다. 두 아이의 엄마였으니까.

간혹 느닷없이 들이치는 서글픈 냄새에 무너졌다. 누군가가 누렸어야 할 행복 한 조각을 운명이나 숙명이 가져간 것에 대하여, 진행된 불행의 결과를 바꿀 수 없는 현실에 대하여, 어떠한 힘도 쓸 수 없다는 것에 대하여 속수무책으로 서러웠던 삼십대가 있었다.

사십대에 수필을 시작했다. 이십대나 삼십대가 운명이었다면 지금 수필을 쓰는 것은 필연이다. 물론 그때 수필을 썼다면 훨씬 수월했을지도 모른다. 지나간 것에 대한 아쉬움도 없지 않지만 그 시간이 있었기에 지금의 내가 있는 것은 분명하다. 나를 채우고 있는 것은 퇴적층처럼 쌓인 그때의 힘든 시간이다. 눈물과 시행착오와 서러움의 시간은 퇴화되어 각질처럼 굳었을 것이다. 그것은 어쩌면 반질반질한 뿔로 자랄지 모른다.

뿔 하나 가지는 일. 글을 쓴다는 것은 뿔을 돋게 하는 일이 아닐까 생각한다. 뿔. 야생의 들에서 돌진하는 힘. 우직한 뚝심, 불의에 동조하지 않는 양심. 그 흔들리지 않는 자존감. 감투대신 세상에 대한 연대의식을 지고 가는 뿔.

이마가 간질간질하다. 아직은 작고 투명하지만 언젠가 크고 단단한 뿔이 우뚝 돋을 날이 있을 것이다.

비로소 나는 누군가의 저녁이 되었다

저녁은 경계에 걸린다. 낮의 끝과 밤의 시작 사이. 낮이라 하기에도 그렇고 밤이라 하기에 어정쩡한 시간. 차를 마시기엔 늦고 술을 마시기엔 이르다. 무엇을 시작하기엔 좀 늦은 것 같고, 그렇다고 포기하기엔 아까운 인생의 절반을 지난 시점 같다. '아직도'와 '벌써'에서 망설이는 애매한 시간. 미적거리다보면 어느새 밤이 되고 만다. 인생이란 것이 모두 그러하듯.

저녁은 슬그머니 온다. 서쪽 산등성이에 걸렸는가 싶은데 어느새 그림자를 이끌고 그렇게 시치미떼고 온다. 고양이가 담 넘어 집 뒤로 사라지고 새들도 둥지 찾아 날아가면 그제야 저녁은 눈치보며 깃든다. 도로는 차량이 넘치고 조용하던 거리는 사람들로 붐빈다. 슬그머니 시작된 저녁. 길이 막히고 거리는 북적인다. 순간이다. 나이도, 시간도, 삶도. 마법처럼 처음엔 '슬그머니' 오지만 어느 틈에 순식간이다.

저녁은 사물의 채도를 바꾼다. 저녁 하늘빛. 분홍색인가 하면 주황색이고 퍼플인가 하면 블루다. 그것마저 회색으로 바뀌면 농도가 짙어서 사방은 어둠에 잠긴다. 건물들도 색을 거두고 무채색의 명암으로 바뀐다. 밤처럼 캄캄하지도 않고 한낮처럼 환하지도 않은 확실치 않은 회색이 거리로 스민다. 확실하다고 생각했던 것이 윤곽이 희미해지고 잡으려 해도 잡혀지지 않는다. 저녁 어스름. 그것이 저녁의 주조색이다.

저녁은 소란하다. 조용하던 집안은 갑자기 바빠진다. 도마에 칼질하는 소리, 된장 항아리 뚜껑 여는 소리, 압력솥 추가 흔들리는 소리, 물소리가 들린다. '지안아 상 펴라.' 엄마의 바쁜 목소리, 일 끝낸 아버지가 돌아와 티브이를 켜는 소리가 들린다, 골목으로 난 문들은 주섬주섬 아이들을 빨아들인다. 마지못해 들어온 아이의 투덜대는 소리.

저녁은 냄새로 공복을 자극한다. 밥을 뜸 들이는 냄새, 찌개 끓이는 냄새, 고등어를 굽는 냄새. 그 냄새는 집 나간 것들을 불러들인다. 새끼들은 어미를 부르고 어미들은 새끼를 부른다. 아이를 부르고 회사 간 가장을 부른다. 일하던 사람들은 연장을 챙기고 서류를 챙기고 일터를 나온다. 자동차를 타고, 전철을 타고, 만원 버스를 타고, 환승을 하고 집으로 간다. 아침에 나갔던 가족들이 저녁 냄새에 꿰어 집으로 달려온다.

돌아갈 곳이 없는 것들의 저녁은 서글프다. 주인 잃은 개는 다리를 절며 남의 집 대문을 기웃거리고 집이 없는 노숙자는 이슬 피할 곳을 찾는다. 저녁이 되면 집이 없는 사람들은 갑자기 불안해진다. 사람들은 퇴근길이 피곤해도 조촐한 저녁상과 익숙한 얼굴이 기다리는 집으로 간다. 하지만 그 길을 잃어버린 사람들은 서글프다. 돌아갈 곳이 없는 사람은 거리에서 거리로 방황할 수밖에 없다.

결혼을 하고서 처음 얼마간은 퇴근할 때 친정으로 차를

몰았다. 시집으로 가야 하는데 가다보면 어느새 나는 친정집 앞에 가 있었다. 습관이란 이름의 기억은 그럴 때 서글프다. 시댁으로 다시 차를 돌릴 때의 아쉬움. 낮은 천장 아래 저녁 밥상에 둘러앉았을 친정 식구들 얼굴. 편하고 익숙하고 따뜻한 친정집으로 한 발짝 들여놓고 싶은 간절함을 깨물며 돌아가던 길. 시야가 흐려져서 도로 갓길에서 멈추고 다시 가다가 멈추면서 시집으로 가는 길을 천천히 돌아서 가야 했다. 나의 이십대에는 그렇게 시렸던 많은 저녁이 있었다.

저녁은 안식으로 들어가는 문이다. 가족이 없는 사람들에겐 두려움의 시간이지만 차려진 식탁이 있고 반기는 식구가 있는 사람들에겐 기다려지는 시간이다. 식탁등이 켜지고 반찬 그릇을 놓는 소리가 들리고 저녁 먹자고 식구를 부르는 소리가 들리는 아늑하고 따뜻한 시간이다. 그 시간 안으로 들어가서 하루 동안 지친 몸과 마음을 쉬게 한다.

나는 이제 더 이상 돌아갈 곳을 찾으러 헤매지 않는다. 아이가 내 키를 따라잡기 시작하면서, 된장찌개가 맛을 내기 시작하면서 나는 가족이 돌아갈 식탁이 되었고, 보금자리가 되었고, 그리고 고향이 되었다. 이제야 비로소 나는 누군가가 돌아와서 쉴 저녁이 되었다.

천 원입니다

건물을 들어서자 엘리베이터 문이 닫히고 있었다.

"잠깐만요."

안에서 남자가 나를 보고 있었다. 닫히던 문이 열렸다.

5층 단추에 불이 켜져 있었다. 나는 3층을 누르고 남자를 보았다. 원색의 운동화, 좁은 밑단을 접어올린 감색 면바지, 알록달록한 점퍼를 입고 야구 모자에 목도리를 둘렀다. 거기에 검은 선글라스까지. 두꺼운 입술만 보일 뿐 인상을 확인할 수 없었다. 의도적으로 신원을 가린 복장에서 연예인 냄새가 났다.

"감사합니다."

짧은 예의를 표시하고 시선을 층별 안내 표지판으로 옮겼다. 적당한 무관심은 엘리베이터 안의 에티켓. 주제 넘는 친절이나 관심은 상대에 대한 무례다. 남자가 연예인이든 정치인이든 나와는 상관없는 일. 어떤 연예인인지도 궁금해할 이유도, 누구라고 추측할 필요도 없다. 티브이를 보지 않는데 얼굴을 보여준들 누구인지도 몰랐을 것이다. 이런저런 생각이 머릿속을 드나드는 순간, 남자가 감정을 뺀 목소리로 말했다.

"천 원입니다."

'띵' 하고 문이 닫히자마자 들려온 소리. 이건 뭔 소리? '만원입니다'라는 말은 들어봤어도 천 원이라니. 정적을 깨는 그 말의 의미를 파악하는데 1,2초가 걸렸다. 내 뒤통수에도 '띵' 하고 소리가 나는 것 같았다. 엘리베이터를 잡아준 사례를 천연덕스럽게 요구하는 남자. '분명 농담일 터.'

방심한 순간 늘 누군가 치고 들어온다. 경쟁자의 공격이든 모르는 사람의 맹랑한 농담이든 마찬가지. 헐렁한 날이었다. 바쁜 일도 없고 끝내야 할 원고가 있는 것도 아닌 그냥 느슨한 날. 하필 그날은 감기 치료를 하러가는 것이라 화장도 안 한 얼굴로 옷도 대충 걸치고 헐렁하게 병원을 가는 중이었다.

느슨했던 몸을 곧추세웠다. 무슨 말을 해야 할지. 천 원을 달라? 그 황당한 말의 당사자를 올려다보았다. 살집이 좀 있는 체구였다. 점퍼 때문인지 상체가 커보였는데 다소 우스꽝스럽게 보이기도 했다. 개그맨이라 불리는 그 누구라는 생각이 들었다. 작업인지 아니면 개그맨의 장난기가 발동한 것인지 단정하기 힘들었다. 내 모습이 비친 선글라스, 그 안의 눈빛이 궁금했다. 살짝 입꼬리가 올라가 있었다. 긴장을 풀었다.

"천 원? 비싼데요. 다시 1층으로 내려갈래요."

나는 미소를 지어보였다. 손해볼 일은 없었다. 공은 남자에게 다시 넘어갔다. 남자의 얼굴을 쳐다보았다. 1층으로 내려가는 어리석은 짓은 안 할 것이고 설마 오백 원으로 깎아준다고 하지는 않겠지. 남자의 반응이 궁금했다.

사각의 금속상자 안. 어쩌면 위험한 상황일 수도 있었다. 엘리베이터 안에서 범죄가 일어나는 일이 많으니 바짝

긴장을 할 일이었다. 하지만 이상하게도 무섭지 않았다. 무섭기는커녕 점점 이 웃긴 남자가 흥미로워지기 시작했다. 한 술 더 떠 그 엘리베이터가 무슨 무대쯤으로 보였다. 남자와 나. 단 둘만 있는 공간에서 개그쇼가 벌어지고 있었다. 그는 내게 개그를 걸어왔고 난 어느새 그가 만든 개그쇼의 상대 개그우먼이 되어 있었다.

"돈 천 원에 다시 내려가시려고요?"

공은 다시 내게로 날아왔다. 남자는 나를 보고 여유롭게 웃었다. 날아온 공에 맞아 머릿속이 하얗게 비어 텅 소리가 나는 것 같았다. 받아칠 말이 없었다. 남자의 얼굴에 승자의 웃음이 번졌다. 결국 난 어깨를 으쓱하고 웃어주었다. 맥빠지게 백기를 든 것이다.

엘리베이터가 3층에서 멈췄다. 1층에서 3층까지 가는 10초 동안. 2인 개그쇼는 남자의 승리로 싱겁게 끝났다. 아쉬운 표정의 남자를 남겨두고 내렸다.

진료를 마치고 집에 왔다. 가방을 내려놓고 소파에 털썩 앉았다. 그제야 해줄 말이 생각이 났다. 왜 나는 꼭 두세 박자 느릴까?

"제가 3층에서 내리니 일찍 방 빼는 샘인데 천 원을 도로 제게 주셔야 하지 않을까요?"

결정적인 순간 이렇게 한방을 날리고 왔어야 했는데!

제2장 그 여름을 데려오다

숨이 소멸하는 지점
잊지 않았으면 좋겠어
물리다
늙지 않는 기억
물뱀을 위한 조문
'ㄱ'해
뒷모습
그 여름을 데려오다
숙맥
할머니와 '짜파게티'
작은 아이
너무 매운 냉면
모르포 나비

숨이 소멸하는 지점

강릉 안목항 카페거리. 낭만을 사러온 젊음이 거리마다 활짝 피었다. 방파제 둑을 걸었다. 소금기 묻은 바람이 머리카락을 흩뜨리고 멀리 하늘과 맞닿은 바다는 수평선의 농도를 희석하고 있었다.

걷다가보니 바닥에 무언가 반짝였다. 은빛 비늘과 말간 눈을 가진 물고기. 숭어였다. 충분한 크기가 아니라고 낚시꾼의 손이 획 던져버린 것이었다.

파닥이는 작은 숨. 시멘트 바닥에 몸을 뒤틀 때마다 핏물이 배어나왔다. 테트라포트 건너편 바다로 던져줄 힘이 없는 나는 무기력하게 임종을 지켜볼 뿐이었다. 몇 번 겪었던 누군가의 죽음이 나를 무기력하게 만들었던 것을 기억하면서.

숭어의 물기가 서서히 말라갔다. 태양은 여전히 눈부시고 바다는 잔잔하고 사람들은 시끌벅적했다. 바다에게 권리금도 주지 않고 파도 소리와 풍경을 파는 커피숍들은 손님을 맞느라 분주하고, 많은 차들을 소화 못하는 주차장에서는 시비가 엉켰다. 모래밭에서는 젊은 남녀가 웃고 사진을 찍느라 정신없었다. 저마다 바다를 내걸고 한창 성업중이었다.

그 한 귀퉁이에 생의 끝에 다다른 숭어가 마지막 숨을 할딱이고 있었다. 테트라포트 너머의 바다는 너무 멀었다. 태양은 숭어의 물기를 거두고 그 옆에 쪼그리고 앉아 어쩔 줄 모르는 내 정수리에도 열기를 내뿜었다. 숭어의 몸은 여전히 은빛으로 반짝이고 투명한 동공에 담긴 하늘은 파랗고 슬펐다.

존재와 소멸은 상대적이다. 하나의 숨이 소멸하는 지점에서 나는 생의 가벼움을 목도한다. 숨을 거두기까지 내게는 짧고 숭어에게는 긴 시간의 눈금. 이 둘의 값은 동일하지 않다.

바다로 가지 못한 숭어의 말간 눈동자가 가슴으로 뛰어들었다.

잊지 않았으면 좋겠어

거실 창으로 햇볕을 읽는 조용한 오후였다. 작은아이는 오른손으로 빗을 쥐고 정수리부터 아래로 빗어내렸다. 올해 열다섯. 반 곱슬머리는 풍성하고 윤이 났다. 머리카락 한 올이 어깨를 가볍게 스치고 바닥으로 빗금을 그으며 낙하했다. 빗을 손에 든 채로 아이는 나를 돌아보며 말을 했다. 방금 기억난 것처럼. 아무렇지도 않게.

"엄마, 만약 다음 생에 다시 태어난다면 지금의 삶을 잊지 않았으면 좋겠어."

그리고 다음 말을 하지 않았다.

먼지가 내려앉는 소리가 들리는 듯했다. 무게를 가늠할 수 없는 그 말이 딸과 나 사이에 비집고 들어선 침묵 사이를 맴돌며 메아리쳤다. 그러다가 머리카락이 떨어지듯 까마득하게 나의 가슴속으로 내려앉았다.

머리칼만큼이나 많은 날이 바람에 날려 모두 사라진다면, 살아 있는 시간을 다 써버려서 생체시계가 멈추고 더 이상 아무것도 남지 않게 될 때, 그래서 수증기처럼 아주 가벼워져서 결국에는 그 흔적도 지워질 때. 그때까지도 붙잡고 싶은 기억. 우리가 나눴던 무수한 말들 중 마지막까지 놓고 싶지 않은 말.

잊지 않았으면 좋겠어.

나도 그 기억을 날려버리지 않았으면 좋겠다. 아이를 낳은 일과 그 아이가 자라는 것을 지켜본 것과 그 아이를 사랑한 것을.

살면서 가장 잘한 것은 두 아이의 엄마가 되는 것이었다.

물리다

화장실에서 봉변을 당했다. 쇼핑몰 화장실에서 휴지를 잡아당기는데 벽에 붙어 있던 스테인리스 휴지걸이가 떨어졌다. 1초도 안 되는 찰나. 떨어지던 휴지 절단면 톱날이 오른손 검지를 물었다. 피가 솟았다. 1㎝ 남짓한 이빨자국. 휴지걸이는 육식성인 듯싶었다.

택시를 타고 근처 종합병원 응급실에 갔다. 설을 앞둔 휴일이라 사람이 많았다. 소독을 하고 테이프로 상처를 고정한 후에 다시 붕대를 감았다. 파상풍 주사도 맞았다. 4일치 약을 주었다. 며칠 경과를 보고 그때까지 아물지 않으면 꿰매야 한다고 했다.

휴지걸이에게 손가락을 물리는 날도 있다. 개한테도, 벌에게도 물린 적 없이 살아온 생체 이력에 새로운 경력 하나가 붙었다. 생각지 못한 곳에서 어처구니없이 당했다. 순식간에.

누군가에게 물어뜯긴 마음도 순식간이었다. 마음은 파상풍 예방접종도 못하고 항생제도 먹을 수가 없어서 생으로 앓아야 했다.

사람에게 물린 독은 치명적이었다.

늙지 않는 기억

짧은 하루의 귀퉁이. 서둘러 지는 해처럼, 별을 따라간 누군가를 생각하는 어스름. 그 길목에서 머뭇거리는 날이 많았다. 발목에 걸린 기억이 무거워 집으로 가지 못하는 저녁이면 가로등 하나둘 켜지는 도로가에 차를 세우고 어둠이 물드는 거리를 지켜보았다.

세상엔 이런 사람도 있다지. 과잉기억증후군을 가진 사람. 보르헤스의 소설에 나오는 주인공처럼 자신이 살면서 보았던 것을 전부 기억하는 사람이 있다. 참 신기한 일이지. 몇 년, 몇 월, 며칠에 어디에 있었는지, 무엇을 보았는지 어떤 기분이었는지 다 기억한다.

그런데 그 사람은 자신의 특이한 능력 때문에 몹시 힘들다고 한다. 그 많고 정확한 기억이 무슨 소용이냐고. 그것은 데이터data이지 기억이 아니라고. 너무 많은 기억 때문에 정말 중요한 기억이 중요해지지 않으니까.

주머니를 만지작거린다. 망각의 틈으로 빠져나가지 못한 시간 한쪽 만져진다. 과잉기억증후군의 한 페이지처럼 또렷한 어느 5월이 있다. 손을 펴면 햇살에 부서질 것 같아 꺼내놓을 수 없었던 기억. 부를 때마다 마른침 넘어가듯 목젖으로 간신히 넘어가던, 길지 않은 삶을 가졌던 불행한 여자.

눈주름은 주인 몰래 거미줄을 치고 연골은 소리도 없이 닳아가는데 지금의 나보다 더 젊은 언니가 쓰러지던 그날은 아직도 퍼렇다. 바래지도 않고 퇴색되지도 않은 채.

누구나 나이를 먹지 않는 기억 한두 개쯤 품고 살겠지. 그러면서 나이가 들겠지. 기억보다 더 오래 살면서.

물뱀을 위한 조문

핸드폰 알림이 울린다. 조등도 없이 문자로 걸린 누군가의 부고. 죽음은 그것뿐. 며칠 동안은 뇌를 지배하다 한 달이 지나면 조금씩 증발되는 감정. 반면, 별것 아닌 것들의 죽음은 또렷하다. 어떤 조문은 그 가벼움 때문에 더 오래도록 기억 속을 유영한다. 기다랗게.

초등학교 6학년쯤이었을 것이다. 등에 땀이 솟을까 말까 하는 찐득한 날이었다. 학교가 끝나고 혼자 집에 가고 있었다. 왼쪽으로 길게 이어진 냇가에서 물비린내가 났다. 가끔 물고기가 물 위로 튀어오르기도 하고 백로가 긴 다리로 걷기도 했다. 군데군데 물이 빠진 곳은 진흙이 질척거렸고 냇가 가장자리는 풀이 무성했다.

뱀이 죽어 있었다. 포장이 되지 않은 길 위에 죽어 있는 물뱀. 검은색과 갈색의 마름모꼴 패턴이 매끈했다. 앞서서 한 차례 남자 아이들이 떠들썩하게 소란했던 이유가 그 때문이었다.

돌멩이 몇 개가 입을 다물고 시치미를 떼고 있었다. 마지막 몸부림도 둥그렇게 말린 주검. 짓이겨진 몸에 파리 떼가 먼저 몰려들었다. 급하게 개구리를 쫓고 있었을까. 죽어야 될 이유도 모르고 죽은 물뱀은 말이 없었다.

어쩌다가 뱀은 그 시간에 아이들 눈에 띄어서 생의 경계를 구불구불 넘어간 것인지. 왜 뱀은 뱀이란 이름으로 태어나서 뱀이란 이유로 죽는 것인지, 어쩌자고 사내아이들은 기다란 동물에게 돌을 던지는지. 그리고 나는 어쩌다가 그 고요하고 적막한 장면으로 들어온 것인지.

죽은 물뱀은 무섭지 않았다. 기다란 생물에 대한 막연한 공포도, 흥미도 느낄 수 없었다. 대상이 죽으면 살았을 때의 감정도 죽는다. 동일한 대상을 놓고도 살아 있을 때와 죽었을 때 느끼는 감정은 같지 않았다. 여럿의 목숨을 쥐고 흔들었던 권력자의 죽음이 풀잎보다 가벼운 것처럼.

아무런 예고도 없이 찾아온 미물의 죽음이 내 앞에 '쿵' 하고 떨어졌다. 그 대상에 대하여 나는 서글퍼졌다. 물컹하고 비릿한 몸뚱이로 남은 것에 대해 누군가는 슬퍼해주어야 마땅할 것이란 생각이 들었다.

장난치던 아이들도 모두 가버린 물가. 다니는 차도 없고 사람도 없는 잠잠한 오후. 햇빛은 직선으로 내리꽂히고 한때 물뱀의 세계였던 냇물은 바람에 뒤척일 때마다 윤이 났다. 좌우로 몸을 흔들어 일으켰을 파문을 흔적도 없이 감춘 냇물.

그 잔잔한 수면 위로 소금쟁이가 떠 있었다. 다리를 움직이면 잠깐의 일렁임이 있을 뿐 다시 잠잠해졌다. 물의 장막을 조심스레 디디고 선 자세가 위태롭게 보였다.

물뱀이 살아 있던 시간과 죽은 시간 사이를 다 보고 있었을 냇가는 침묵을 지키고 있었다. 여유롭게 유영하던 세계는 고요하고 잔잔했다. 물뱀이 몸부림을 치며 마지막으로 보았을 하늘은 여전히 파랗고 자동차라도 한 대 지나가면 흙먼지가 피어오를 만큼 마르고 더운 공기가 길을 달구었다. 물뱀 한 마리가 죽었을 뿐.

조등도 없고 부고장도 없었다. 곡을 하는 이도, 문상객도 없는 길에서 나는 가방을 맨 자세로 한참을 쪼그리고 앉아 죽은 뱀과 윤슬이 일렁이는 냇가를 번갈아 쳐다보았다.

시간이 숨을 멈춘 그 순간, 정지된 세계의 국경을 넘어 저편으로 느릿느릿 기어가는 물뱀의 마지막 꼬리를 본 듯했다. 기다란 미물의 짧은 생이 문을 닫았다. 세상이 온통 조용했다.

물뱀을 조문했던 어린 날도 시간의 물속으로 가라앉았다. 그러나 그것이 마지막이 아니라 언젠가 내 앞의 죽음은 또 다른 모습과 소리와 냄새로 똬리를 튼 채 내 시선을, 내 존재를 끌어당길 것이다. 준비되지 않은 시간에, 예상치 못한 곳에서.

물론 그때도 세상은 여전히 잘 돌아갈 것이다.

「ㄱ」해

기역, 니은, 디귿. 한글 초성을 발음해본다. 입술이 열리는 소리, 닫히는 소리, 혀가 입천장에 닿았다가 떨어지는 소리. 의미도 없는 자음들을 조용히 읊다가 마지막에 입술에 힘을 주어 티읕과 히읗을 발음하다보면 혀가 얼얼해지는 느낌까지 온다. 그러다 어느 카페 이름을 생각한다.

안성의 조그만 시골마을. 슈퍼에서 물건을 사서 나오다 보니 맞은편에 이마가 낮은 카페가 어두침침하게 엎드려 있었다. 커피를 판 지 몇 달은 되었음직한 후줄근한 간판도 먼지를 뒤집어쓰고 바래가는 중이었는데 이름이 특이

했다.

그곳은 'ㄱ해' 카페였다. 문은 닫혀 있었다. 주인은 기역을 던져두고 기억을 데려오려고 갔는지도 모를 일이었다. 아무도 기억하지 않는 카페여서 문을 닫았는지도 모를 일이었다.

기역과 기억이 엄연히 다르지만 기억하라는 뜻으로 통하는 말. 당근이라고 하고 당연하다고 해석하고 사과를 주면서 미안해하는 것처럼 주머니에서 사탕을 꺼내주듯 'ㄱ' 하나를 주면서 기억으로 남겠다는 묵언이다.

'ㄱ'을 들고 엉뚱한 곳에서 당신을 생각한다. 이별도 말하지 못하고 가버린 당신에게 나도 입을 열지 않고 'ㄱ' 하나를 하늘로 던져주고 싶다.

나를 'ㄱ'해.

뒷모습

'뒤태'는 치명적인 매력이 있다. 청바지는 엉덩이가 생명이다. 엉덩이 라인이 예쁘게 드러나는 바지가 인기 있다. 등이 파인 드레스는 관능적이다. 여배우의 가냘픈 등에 카메라 플래시가 쉴 새 없이 터지는 것은 당연한 일이다. 어디 그뿐인가. 비키니의 뒤태는 그야말로 아찔하다. 끈 하나에 의지한 매듭은 보는 사람도 아슬아슬하다. 그 끈을 살짝 잡아당기기라도 한다면…. 그만 눈을 질끈 감아버려야 할지 모른다.

자동차도 뒤가 중요한 것은 말할 나위없다. 자동차를 볼 때 가장 먼저 보게 되는 곳이 있다. 모델 명이 드러나는 매끈한 뒷부분이다. 단연 돋보이는 부분이며 구입할 때 염두에 두는 부분이다. 차를 계약할 때 외관의 미려함은 품질 못지않게 중요한 결정요인이 된다.

뒷모습은 유난히 눈길을 끈다. 수영을 하다가 멋진 사람을 보면 나름의 기준으로 몸에 대한 평가를 내린다. 다리와 상체의 비율, 남자라면 고르게 분포된 근육이라든지, 여자라면 들어가고 나온 몸의 선을 본다. 그러나 뒷모습은 그런 기준이 없다. 그냥 한번 보면 안다. 매력적인지 아닌지는 1초 안에 판가름난다. 그 한번이 인상 깊다.

문제는 자신의 뒤태에 대해 평가를 못한다는 것이다. 등은 내 것이 아니다. 뒤통수, 뒷목, 등, 엉덩이, 종아리, 뒤꿈치. 거울로는 자신의 뒤태를 제대로 볼 수 없다. 보는 사람의 각도와 미적 기준, 그날의 기분이나 생각에 따라 다르다. 내 몸이지만 평가는 타인의 눈으로 한다. 자신의 뒷부분에 대해 평가할 자격이 아예 처음부터 없다. 나의 뒷모습이 궁금하다. 매력적일까?

뒷모습을 봤을 때, 매력을 느끼기에 적정한 거리는 얼마

일까? 대화를 하기에 쾌적한 거리와 사랑을 느끼기에 뜨거운 거리는 아마도 다를 것이다. 적어도 2미터 이상은 떨어져서 봐야 윤곽이 보이고 매력도 느낄 수 있다. 3미터에서 5미터 정도가 적당한 거리가 아닐지. 사람마다 매력을 느끼는 거리는 다를 수 있다. 그러나 너무 가까운 거리는 상대방에 대해 신비감을 가질 수 없다는 점은 확실하다. 경험에 기댄다면 대체로 캠퍼스 커플은 무성한 소문만 남겼지 오래가지 않았다. 같은 공간에서 오래 있다 보면 신뢰는 쌓이겠지만 부딪치는 일도 적지 않을 것이다. 만약 식구와 같은 직장에 다니라고 한다면 결사반대할 것이다. 아끼는 것일수록 적당한 거리를 두어야 하겠다.

사람의 뒷모습에는 보이지 않는 이야기가 있다. 나이, 성별, 직업도 보인다. 노인의 앞모습보다 구부정한 뒷모습은 그의 현재를 더 잘 보여준다. 한 가지 정보가 미흡하면 다른 곳을 통해 정보를 찾으려는 습성이 있어서일까. 얼굴을 보지 않을 때 상황이나 정황을 더 잘 알 수 있다. 상식적으로 앞모습이 확실하다고 생각하지만 의외로 뒷모습에서 느끼는 것이 정확할 때가 많다.

뒷모습은 여운이 남는다. 뒷모습을 볼 때 마음은 지긋이 숨이 죽는다. 싸울 때 사람들은 앞을 보고 싸우지 뒤를 보고 싸우지는 않는다. 등을 보인다는 것은 졌다는 것을 의미한다. 꼬리를 내리는 것이고 공격을 하지 않겠다는 의도다. 뒷모습에 마음이 약해지는 이유다. 뒷모습을 보이며 떠난 사람이 야속할지언정 추억 속에 아련하게 남는 것도 그 때문일 것이다.

어떤 뒷모습은 슬프다. 늙은 아버지의 등은 굽어서 쓸쓸하다. 세상 모든 아버지는 늙고 작아진다. 딸들은 그런 아버지의 등을 바라볼 때 가슴이 눅눅해진다. 해마다 키가 줄고 목소리도 작아진다. 아버지에게 더 이상 왕년은 없고 익숙하지 않았던 것과 타협하는 일만 남았다. 저물녘 뒷짐을 지고 서 있는 아버지의 등은 벼베기를 끝낸 들처럼 휑하다. 조금은 아쉬운 듯도 한 무엇이 그림자처럼 깔려 있다. 아버지의 뒷모습을 보고 온 날. 그런 날은 야위고 굽은 그 등이 자꾸 생각난다.

그 여름을 데려오다

어릴 적 여름 아침. 혼자 깨어 조용히 밖으로 나가면 고요가 아직 잠을 깨지 않은 채 고스란히 있었다. 진초록 나지막한 산과 들. 안개가 스며든 마을. 희뿌옇게 동터오던 하늘. 안개 속에 갇힌 집 주변은 마법의 성 같았다. 처음엔 아무것도 보이지 않다가 가만히 집중하여 보면 뒷간이 보이고 좀 떨어진 곳에 잎이 무성한 앵두나무가 보였다.

5월이면 가지마다 붉은 구슬이 촘촘히 영글던 나무. 그 뒤로 개복숭아나무. 볼 때마다 복숭아나무가 되라고 마음속으로 그렇게 빌었건만 해마다 작고 볼품없는 열매만 매달던 나무, 한번도 단물이 흐르는 탐스런 복숭아를 매달지 못해 나를 실망시키던 개복숭아.

그 개복숭아나무가 빤히 들여다보던 텃밭이 있었다. 작은 텃밭은 몇 안 되는 푸성귀를 품고 있었다. 밤새 키가 더 자란 옥수수. 까슬까슬한 솜털에 이슬이 붙어 있던 호박잎. 가지는 숨을 죽이고 보라색 꽃을 안고 있었다. 어느새 열매를 매단 고추 몇 포기도 보였다.

푸성귀는 그리 실하지 않았다. 기껏 가지 한두 개가 열리면 벌레가 끼어 잎사귀를 갉아먹었다. 고추도 그리 많이 맺지 못했다. 땅이 좋지 않았고 벌레도 많아 열매가 신통치 않았다. 텃밭만 그런 것은 아니었다. 살림살이도 좀처럼 늘지 않았다. 기름진 환경을 물려받지 못한 부모님의 삶은 텃밭처럼 가물고 척박했다.

장독대 초입엔 여름 꽃이 자고 있었다. 봉숭아. 맨드라미. 채송화. 비비추. 꽃들을 발치에 둔 장독대는 네모난 모양이었다. 시멘트 바닥에 두 줄로 자리잡은 항아리들. 작거나 중간 크기의 항아리가 앞줄에 앉아 있고 큰 항아리들이 뒷줄에 버티고 서 있었다. 뚜껑을 열면 하늘을 비추고 내 얼굴을 비추던 간장 항아리. 소금을 잔뜩 깔아놓은 된장 항아리. 조그만 고추장 단지. 난 거기서 소꿉장난도 하고 봉숭아도 찧었다.

아랫집 순옥이네로 내려가는 길목 오른쪽으로 달맞이꽃이 있었다. 아침이면 잠이 든 것처럼 오므린 꽃송이. 활짝 핀 것을 본 기억이 없었다. 흔하면서도 일삼아 찾으려면 보이지 않았다. 노란 꽃잎이 수수하고 말간 모습. 하얀 살결을 가진 언니도 연한 노란색이 잘 어울렸다.

간밤을 탕진한 달맞이는 꽃잎을 닫은 채 힘이 없어보였다. 떨어질 듯 말 듯 꽃잎을 붙들고 있던 이슬. 아슬아슬 매달린 물방울을 손으로 건드리면 이슬이 투두둑 떨어졌다. 연노랑 꽃잎을 만지면 너무 얇아 뜯겨져 손끝에 달라붙었다. 손만 대도 꽃잎이 찢어지거나 송이째 툭 떨어지곤 했었다. 여리고 아름다운 것은 숨이 길지 않았다.

아랫집까지 갔다가오면 아버지는 마당을 쓸고 계셨다. 멀리서 수탉이 우는 소리가 길게 마을을 휘감았다. 개 짖는 소리도 들려오기 시작하고 사방이 뚜렷해졌다. 뒷간도 잘 보이고 장독대도 훤해졌다. 엄마는 아침상을 차리고 그

때까지도 동생들은 잠을 자고 있었다. 나는 방에 들어가서 언니의 국어책을 꺼내 간밤에 읽던 곳을 다시 펼쳤다. 마법이 풀리는 시간이었다.

해가 질 무렵이면 마루에 앉아 저녁을 먹었다. 엄마와 할머니는 애호박과 고추를 텃밭에서 따고 달력 뒷장을 뜯어 마룻바닥에 깔고 밀가루 반죽을 밀었다. 국수가 다 삶아지면 커다란 양푼에 쏟아 마루에 가지고 와서 식구들에게 한 그릇씩 주었다. 칼국수를 먹다보면 노을 지던 하늘이 어둑어둑해졌다.

노을이 지는 것은 짧았다. 해가 지는 산의 위쪽 구름은 다양한 색을 만들었다. 분홍색이기도 하고 주황색이기도 했다. 산그늘이 마을을 덮고 해가 산꼭대기에서 뒤로 넘어갈 듯 말 듯한 7시와 8시 사이, 해가 지는 하늘의 가장자리가 붉게 번졌다. 저녁이 오기 전, 하늘은 가장 화려하게 타올랐다.

구름은 날마다 다른 모습, 다른 색으로 물들었지만 그 노을을 볼 수 있는 날은 마루에서 저녁을 먹을 때였다. 순가락을 내려놓을 쯤 해가 기울었고 저녁이 빠르게 마을에 스며들었다. 짐승을 풀어놓듯 누군가가 어둠을 데리고 와서 마을에 풀어놓는 저녁이면 미지근한 열기와 일을 끝낸 부모님의 땀냄새, 티브이 채널을 가지고 동생들이 싸우는 소리가 귓가에서 끈적거렸다.

딱 한번, 먼 하늘에 별똥별이 떨어지던 것도 저녁을 먹을 때 보았다. 운명을 다한 별이 땅에 떨어지는 것은 1초를 몇 개로 쪼갠 것 중의 한순간이었다. 소멸하는 별의 마지막 발자국. 나는 그것을 보았다는 환희에 가슴이 떨렸다.

하지만 그것도 잠시, 별똥별이 지고 나서야 소원을 빌지 않았다는 걸 알았다. 그때 소원을 빌었어야 했을까. 식구들 모두 행복하게 잘 살게 해달라고. 소원을 빌지 않아서 그랬는지 우리 가족은 그리 화목하지도, 행복하지도 않았다.

모기가 윙윙거리고 밤새가 울었다. 개구린지 맹꽁인지 코맹맹이 같은 소리가 집 아래 개울가에서 들려왔다. 마루 위에 매달린 전등에 날벌레들이 까맣게 모여들었다.

식구들은 전두환 대통령이 나오는 티브이 뉴스를 보았다. 9시를 알리는 소리가 '뚜, 뚜, 뚜우' 하고 마지막 음이 길게 늘어지면 정각에 맞춰 뉴스가 시작되었다. 전두환 대통령으로 시작되는 그날의 뉴스가 나오면 동생들도 더 이상 싸우지 않았다. 뉴스라면 무슨 대단한 강의를 듣는 것처럼 열중했지만 먹고 살 만하다는 경제부흥기에도 부모님은 세상의 톱니바퀴 위에 올라타지 못했다.

선풍기 돌아가는 소리와 이따금 모기를 잡느라 손바닥을 마주치는 소리가 들렸다. 옹기종기 붙은 마을 집들의 네모진 창문엔 백열등 불빛이 노랗게 새어나오고 이따금 멀리서 개 짖는 소리가 여름 공기를 가르곤 했다.

이제 그 여름은 저녁 6시가 되기 전 나오던 화면조정시간처럼 치지직 비가 내리고 흔들린다. 시간의 먼지가 내려앉아 누렇게 희미해졌다.

지속될 줄 알았다. 매번 여름이면 지겨운 장마나 숨을 막히게 하는 더위가 찾아왔지만 장독대 아래서 봉숭아 꽃잎을 찧거나 언니와 하늘을 쳐다보던 시간처럼 언제든 반복될 줄 알았던 여름은 다시 오지 않았다. 아랫집 순옥이 언니가 사온 카세트 플레이어에서 흘러나오던 〈원웨이 티켓〉이나 〈섹시 뮤직〉이란 노래를 다시 들을 수는 있어도 그때를 되돌리기 할 수 없었다.

다만, 그 여름의 기억을 데려올 뿐이다. 아슴아슴 여름의 기억 속으로 숨은 두 식구의 모습도 이젠 가물가물하다. 할머니와 언니를 만나기까지는 얼마나 걸릴까. 내게도 닥칠 어김없는 절차. 절절한 인연 몇 가닥 끊고 사랑하는 몇 사람을 남겨놓고 가겠지.

숙맥

한낮은 몹시 더웠다. 대보름 아침에 더위를 팔았어도 한여름은 수월하지 않았다. 마른땅에 개미도 보이지 않을 만큼 포악한 더위. 어릴 때에는 더위를 잘 먹었다. 밥도 먹기 싫고 숨쉬기도 힘들었다. 그러면 엄마는 익모초 즙을 먹였다.

내가 약한 것은 생기다 말아서 그렇다고 했다. 태어났을 때도 금방 죽을 줄 알았다는 엄마는 내 몸이 가늘어 알차지 못한 것을 그렇게 말했다. 일을 못하는 것도, 잘 넘어지는 것도 그 때문이라고.

엄마가 못마땅한 것이 한가지 더 있었는데 그것은 내가 약지 못하다는 것이었다. 다른 아이들처럼 약지 못하고 숙맥이라고. 쉽게 발뺌도 못하고 하고 싶은 말이 있어도 입술 밖으로 나오지 않았다.

나이가 먹어서도 나는 좀처럼 약아지지 않았다. 그러고 싶었지만 그래지지 않았다. 내게 불가항력인 것. 튼튼하고 싶은데 튼튼해지지 않는 것처럼 내게 주어진 것들은 볼품없고 남들보다 모자란 것이 더 많았다.

할머니와 '짜파게티'

그날도 비가 오는 날이었다. 좀 춥기도 하고 비가 오면 뭐가 먹고 싶기도 했다. 학교에서 집으로 돌아오는 길에 동네 가게에서 '짜파게티'를 사가지고 왔다. 나는 할머니에게 그것을 끓여달라고 했다.

방바닥에 배를 대고 누워 숙제를 하면서 '짜파게티'가 익기를 기다렸다. 짜장면처럼 까맣고 윤기 흐르는 면을 생각했다. 그 시간이 몹시 길었다.

드디어 할머니가 상을 들고 방으로 들어왔다. 얼른 먹고 싶어 젓가락부터 들었다. 그러나 할머니가 끓여준 짜장 맛 라면은 검정색 국물에 꼬불거리는 면이 헤엄을 치고 있었다.

끓이다가 물을 따라버리고 스프를 넣어 비벼야 했는데 할머니는 라면처럼 끓여주었다. 검은 국물의 짜파게티는 짜장면도 라면도 아니었다. 끓이는 방법이 겉봉지에 있었는데 할머니는 한글을 읽을 줄 몰랐다.

오늘도 비가 온다. 앨범을 꺼내 할머니를 불러낸다. 30여 년의 저쪽에서 할머니가 웃는다. 7월의 오후, 그릇을 들고 장독대에서 나를 쳐다본다.

지금은 맛있는 것이 아주 많은데도 할머니를 불러내서 같이 먹을 수가 없다. 짜파게티뿐 아니라 짜장면도 탕수육도 실컷 사드릴 수 있는데. 낮은 산 동그란 집에서 잠든 내 할머니.

작은 아이

저녁 골목길에서 한 장면과 마주쳤다. 1미터의 간격을 둔 남자와 아이. 티셔츠에 반바지를 입은 덩치 큰 남자는 건물의 출입구에 서 있었다. 치마를 입은 작은 아이는 그 맞은편에서 고개를 숙이고 있었다. 자세히 보니 네다섯 살로 보이는 여자아이와 그 아빠인 듯했다. 남자는 여자애의 동생으로 보이는 아이를 안고 내려다보며 꾸짖고 있었다.

저녁이 밤으로 바뀌는 시간, 주위는 조금씩 어두워지고 남자의 목소리가 골목길에 울렸다. 아이가 무엇을 잘못했을까? 집도 아닌 골목에서 큰소리로 아이를 몰아붙이는 남

자. 몸집이 컸다. 위에서 아래로 아이를 내려다보는 시선은 남자의 덩치만한 중량감으로 아이를 찍어눌렀다.

자동차들이 도로를 바삐 지나고 상점들 간판은 환하게 불이 들어오기 시작했다. 노란 학원차가 아이들을 태우거나 내려주려고 골목길을 누비고 아파트 집집마다 따뜻한 불빛이 하나둘 점등하는 시간. 어두워지는 골목 한 쪽. 안으면 번쩍 들릴 것 같은 작은 아이가 서 있었다. 슬리퍼를 신은 맨발이 시려보였다. 위축되어 쪼그라든 아이의 어깨에도 어둠이 내려앉았다.

혼을 내고 남자는 유리문 안으로 들어갔다. 밀치고 들어간 건물 유리문이 쿵 소리를 내며 닫혔다. 그 소리가 골목을 흔들었다. 혼자 남은 아이는 제 아빠가 들어간 문이 닫히자 울기 시작했다.

싸늘한 바람이 불어 비닐봉지가 쓸려 나뒹굴었다. 아이가 어둠에 묻히기 시작했다. 아이보다 더 불안한 골목이 발을 동동 굴렀다. 안타까운 가로등이 고개를 숙이고 어쩔 줄 몰라 했다.

너무 매운 냉면

식구들과 칡냉면을 먹으러 갔다. 더운데도 사람들이 길게 줄을 서 있었다. 맛있다는 냉면을 맛보기 위해 기꺼이 줄을 서서 기다리다 들어갔다. 물냉면과 비빔냉면, 만두가 메뉴의 전부였다. 다른 테이블에 나온 냉면을 보자 침이 돌았다.

옆 테이블은 가족이 둘러앉았다. 아이가 둘 있고 어른이 셋이었다. 젓가락을 잡고 냉면이 나오길 기다리고 있었다. 아이들은 장난을 치고 있었다.

우리 테이블에 먼저 냉면이 나왔다. 비빔냉면은 몹시 매워서 양념장을 덜어내야 했다. 그래도 맛있었다. 삶은 달걀도 아껴가며 먹었다. 그릇까지 핥아먹을 기세였다. 옆 테이블에서 여자 아이가 냉면을 엎지르기 전까지는.

대여섯 살로 보이는 여자아이였다. 장난치다가 그랬는지 순식간이었다. 냉면이 엎어졌다. 테이블에 사리가 흩어지고 국물이 흘러 바닥으로 떨어졌다. 아이도 놀랐다. 붉은 국물이 아이의 하얀 원피스를 적셨다.

익숙한 장면이었다. 두 아이를 키우다보니 그런 일이 자주 생겼다. 집에서만 아니라 음식점이나 카페에서 그런 예기치 않은 일이 얼마든지 일어났다. 하도 자주 있어서 특별히 기억에 남는 일도 별로 없지만 한 가지 기억나는 것은 있다. 아이가 소금이나 고춧가루를 엎지르는 통에 음식점에서 쫓겨난 일이 있었다.

자잘한 사고는 늘 일어났다. 쌀을 쏟아놓고 놀이를 하거나 음식 그릇을 엎지르는 일은 다반사였다. 얼굴에 바르는 크림을 바닥에 쏟고 그 위에서 스케이트를 타듯 미끄럼을 타던 일도 있었다. 그래도 큰 사고가 없었던 것이 얼마나 다행인지 몰랐다.

'어어' 하는 난감한 표정도 잠시. 손 하나가 공기를 가르며 지나갔다. '찰싹' 하는 소리가 났다. 순간, 북적이던 식당 안은 그대로 움직임이 멈췄다. 아이 엄마가 아이의 볼을 때렸다. 그 엄마는 일을 수습하는 대신 아이부터 응징했다. 우리가 종업원을 부르고 아이의 젖은 원피스를 보며 급하게 휴지를 찾는 그 시간에.

종업원이 와서 테이블을 치웠다. 바닥은 국물이 질척거렸다. 뺨을 맞은 아이는 우리가 나올 때까지 테이블에 엎드려 있었다.

냉면을 다 먹지 못하고 나왔다. 마치 우리가 뺨을 맞은 것처럼 무안해서 있을 수가 없었다. 우리가 그곳을 나올 때까지 그 가족들은 무거운 분위기로 조용히 냉면을 먹었다.

얼마나 자주 손이 올라가야 냉면이 엎질러지자마자 반사적으로 아이의 뺨을 때릴 수 있을까. 얼마나 자주 맞았으면 아이는 울지도 않고 엎드려 있었을까.

날이 더웠다. 무기력한 분노로 머리는 뜨겁고 속은 아렸다. 그날 먹은 냉면은 너무 매웠다.

모르포 나비

나비전시관. 파란 벨벳 조각들이 담쟁이 잎처럼 벽에 가득 붙어 있었다. 수백 마리의 모르포 나비. 콜렉터는 작정하고 모르포 나비만 수집한 모양이었다. 바다빛이기도 하늘빛이기도 한 날개가 죄라면 죄였겠다. 물결 모양으로 벽을 장식한 나비들은 하나같이 날개를 펴고 있었다. 날고 싶어하는 것 같았다. 남아메리카의 덥고 습한 밀림으로 가고 싶은 박제. 날개는 날 듯 말 듯. 작다고 목숨조차 가볍진 않다고 말하는 듯.

가만히 나비를 들여다보았다. 혹여 입김을 불면 깨어나

지 않을까? 내게 잠을 깨는 마법의 숨이 있다면 얼마나 좋을까 생각했다. 두 손을 비비고 숨을 깊이 들이마셨다가 '후' 하고 입술 사이로 숨을 내뱉으면 다시 나비의 심장이 깨어나는 상상. 그래서 날개를 팔랑거리면 얼마나 좋을까. 한 마리 한 마리 날아간다면.

나비들이 날아가는 상상을 했다. 하나둘 깨어난 모르포 나비들이 전시관 창밖으로 날아올라 하늘보다, 바다보다도 더 짙은 파랑으로 띠를 이루며 날아가다 작은 점으로 사라지는 상상. 슬프도록 짙은 파란색은 내 망막에서 쉬 지워지지 않았다.

아름다운 것을 수집한다는 것은 결코 아름다운 일이 아니라는 것을 모르포 나비가 말해주었다.

제3장 이별 편지를 대필하다

오후의 차 한 잔과 브라우니

치아바타의 시간

귤잼

개 같은 경우

어느 유기견의 원칙

이별 편지를 대필하다

전두엽에 남은 어느 목소리

양재동 꽃시장을 가는 이유

잘 써야겠다

차라리 포기째 뽑아갔다면

오후의 차 한 잔과 브라우니

낙엽처럼 버석거리는 날이 많았다. 가을과 겨울 사이, 발바닥부터 올라오는 균열은 담쟁이덩굴처럼 신경을 타고 온몸으로 뻗어갔다. 그 틈으로 찬바람이 고독의 안부를 묻고 감기는 들락날락하면서 나를 간봤다. 계절이 겨울로 기울수록 몸으로 들이치는 한기가 시렸다.

얼마 전부터 찾아든 열패감이 나를 무너뜨릴 것 같았다. 내 의도는 아니었으나 반갑지 않은 객이 이미 문틈에 발을 걸고 들어온 뒤였다. 아예 제 집인 듯 퍼질러 앉아 미주알고주알 간섭을 하기 시작했다. 헝클어진 심경이 판단과 사고를 엉망으로 만들었다.

흐릿하고 맹숭맹숭한 늦가을. 첫눈이나 맥없이 뿌려버리면 좋겠다는 생각을 해보는 어느 눅눅한 날의 오후. 브라우니를 굽는다. 브라우니 가루를 꺼내 달걀 한 개와 올리브 오일, 물을 넣고 섞는다. 틀에 부어 오븐에 넣고 시간과 온도만 맞춰주고 기다린다.

오븐을 쓰는 일은 기다림을 즐기는 일이다. 빵을 구울 때에도, 과자를 구울 때에도 기다림은 필수다. 빵이 발효되어 부풀어오르는 것을 기다리는 동안 생각도 숙성된다.

바보 같은 일을 저지를 때가 있다. 백화점에서 타임세일을 해서 머플러를 사고 오십 퍼센트 세일이라 보온병도 샀다. 신이 나서 샀다. 집에 와서 머플러를 둘러보니 어울리지 않았다. 보온병을 자세히 보니 보냉병이었다. 도대체 눈은 왜 달고 다니는 걸까? 이런 나를 본다면 엄마는 이렇게 말했겠지.

"맨날 헛똑똑이지. 앞으로 남고 뒤로 밑지는 거야."

왜 어처구니없는 일은 곱하기로 올까? 뭣을 해도 안 되고 뒤로 나자빠져도 이마가 깨질까? 비단 물건만 잘못 사는 것이 아니라 힘들 때 일까지 만들어 하지 않아도 될 고민을 더 얹는다.

초콜릿 냄새가 나기 시작한다. 달달하다. 단내가 풍기는 오븐은 뜨겁게 달구어져 달콤한 초콜릿을 굽는다. 재료와 음식에 따라 각기 다른 열을 내는 오븐. 브라우니는 160℃, 파운드케이크는 180℃. 호밀 빵은 200℃.

나의 온도는 몇 ℃일까? 아니 오븐처럼 무언가를 위해 뜨겁게 달구어진 적이 있기라도 했을까. 때에 따라 적당히 뜨겁고 적당히 차가웠을까 생각한다. 어쩜 뜨거워야 할 때는 차갑게, 차가워야 할 때는 오히려 냄비처럼 들끓지 않았을까. 아니라고 말할 수는 없다. 젊었을 때는 애늙은이처럼 건방을 떨었고 나이가 들어서는 철없이 덤벙거렸으니.

사두고 반만 읽은 책, A4용지를 반도 못 채운 쓰다만 원고들, 몇 년째 고민하는 아이의 진로, 좁아지기 시작하는 집안, 바꿀 때를 넘긴 가전제품들. 등 뒤에 쌓아둔 밀린 숙제는 손도 못 대고 조급함에 하루 종일 컴퓨터 앞에 앉아 있지만 건지는 것은 아무것도 없을 때. 이럴 때는 브라우니를 굽는 것이 상책이다.

땡! 브라우니가 다 되었다. 장갑을 손에 끼고 오븐을 열어 팬을 꺼낸다. 조심조심. 뜨거운 죽을 담을 때처럼 조심해야 한다. 잘못하여 엎으면 그동안의 노력이 허사다. 꺼내었으면 그대로 식을 때까지 기다린다. 구워졌다고 바로 먹을 수는 없다. 급하게 한 조각 떼어먹다가 아직 액체 상태인 초콜릿의 뜨거운 맛을 볼 수 있다. 기다릴 것. 하나, 둘, 셋, 넷 ⋯.

손가락을 세며 무언가를 기다려본 일. 열 번을 다 세고도 안 되면 다시 손가락을 접으며 기다렸던 때가 언제였을까. 기다림이 생략된 생활은 언제부터였던가. 편지를 기다렸던 까마득한 시간의 저쪽과 버스 시간도 미리 검색하여 맞춰서 나가는 시간의 이쪽. 그 사이에 소녀는 결혼을 하고 아이를 낳았다. 살림을 하면서, 아이들을 키우면서 자잘한 상처에도 굳은살이 생기기 시작하고 더러는 뻣뻣해지기 시작했다. 기다림 없이 맨살로 대면하는 멋없는 일상. 뭔가 중요한 것을 잊은 것처럼 허전하다. 능률과 바꾼 낭만, 여유, 간절함, 혹은 조심스러움이라든지. 기다림이 없는 생활이 익숙할수록 사람들도 성급해지고 조급해졌다.

고민의 시작은 그 때문인지도 모른다. 지금이 아니면 영 살 수 없을 것처럼 구매를 부추기는 말에 충동구매를 하고 아이의 진로를 급하게 정한다. 그러다 수정하기를 반복한다. 잘해내려고 할수록 조급함 때문에 뒤로 미끄러지는 원고도 마찬가지다. 무언가에 쫓기듯, 혹은 무언가를 쫓듯 뛰어왔고 난 뭐든지 잘될 줄 알았다. 그랬는데 엑셀러레이터를 밟을수록 갑자기 나타나는 붉은 신호등의 충격은 컸다.

나만 급한 것이 아니었다. 누군가도 나를 성급하게 해독하려 했다. 취향이 다른지 나의 브라우니가 너무 달달해서 빵의 범주에 들지 않는다고 우겼다. 오독誤讀이었다. 떫었다. 몹시. 내 몸은 유리처럼 금이 가서 건드리기라도 하면 바로 깨질 것 같았다.

브라우니가 식을 동안 차를 준비한다. 찬장에는 얼그레이, 실론, 자스민, 다즐링, 작설차가 있다. 베르가모트 향이 은은한 얼그레이를 꺼낸다. 모두 똑같이 찻잎으로 만들어 그 맛이 그 맛 같지만 조금씩 맛과 향이 다르다.

사람의 맛도 그렇다. 나의 맛도 다르고 너의 맛도 다르다. 자연에서 종의 다양성이 중요한 것처럼 사회 속의 다양성은 인간 삶의 지속적인 번영을 위해 필요한 법이다. 그러니까 달달하면 어떻고 씁쓸하면 어떤가. 다 똑같은 맛을 내며 살 이유는 없는데.

브라우니의 부드럽고 달콤한 맛을 얼그레이의 떫은맛이 눌러준다. 때로는 브라우니처럼 달콤할 때도 있지만 얼그레이처럼 씁쓸하고 떫을 때가 있다. 너무 떫어서 엉뚱한 일을 저지르고 해야 할 일은 손도 대지 못하는 바로 요즘처럼.

브라우니도 식었으니 이제는 나를 식힐 차례다. 한 조각 떼어 입안에 넣는다. 초콜릿은 혀를 실망시키지 않는다. 감정의 끝까지 내려가는 카카오의 진한 맛. 달콤함의 정점을 찍은 미각이 몸에게 최상의 기분임을 알린다. 본능에 몸을 맡긴다. 미각이 향유하는 달콤한 세계. 본능은 솔직하다. 우울했던 심사가 그만 슬금슬금 달아난다.

얼그레이도 한 모금을 마신다. 향기로운 찻물이 입안을

머물다 목을 지나 가슴을 지난다. 지금 나를 훑고 지나가는 바람은 분노와 미움으로 내 몸을 흔들지만 결국은 무관심과 망각을 지나면서 잘 익은 경험으로 배설될 것이다. 그러니 기다리는 것이 좋겠다. 하나, 둘, 셋, 넷 ….

그 어떤 바람도 내가 가진 고유의 자아를 흠집내지 못할 거라던, 당신은 정말 괜찮을 거라던 어느 심리학 교수의 말을 곱씹어본다.

초콜릿의 단내와 베르가모트 향이 스미는 11월의 오후. 무거운 날 가벼워지고 싶다면 얼그레이와 브라우니 한 조각을 추천한다.

치아바타의 시간

오늘 점심은 치아바타다. 촉촉하고 부드러운 식감과 시큼한 향은 즉석 빵이 넘볼 수 없는 발효 빵만이 가질 수 있는 매력이다. 속도 편안하다. 과정이 번거롭지만 좋은 것은 그만한 가치가 있다.

어제 숙성시켜놓은 반죽을 꺼낸다. 두 배쯤 부풀어 있다. 스패출러로 가스를, 잔뜩 부푼 기대감을 뺀다. 주제넘은 욕심. 수고를 생략하고 바랐던 즉각적인 보상. 수시로 들이켰던 김칫국물. 약삭빠르게 바랐던 작은 요행들을 빼고 차지게 반죽한다. 내가 소유했다고 생각하는 것들도 걷어낸다. 집, 자동차, 가방, 시계 같은 나를 포장했던 물질을 걷어내고 남는 것이 진정 나일 것이다.

다시 한번의 숙성을 거치고서야 반죽은 오븐에 들어간다. 타이머를 맞추고 책을 펼쳐든다. 나머지는 오븐이 알아서 해줄 것이다. 이제 남은 것은 기다리는 일이다. 책을 맛있게 읽다보면 다 구워질 것이다.

치아바타는 시간을 가진 빵이다. 전날에 숙성을 시켜 이튿날에 오븐에 들어가는, 꼬박 하루를 기다려야 손에 들어오는 느림보다. 말하자면 치아바타 안에는 시간의 켜가 쌓여 있는 것이다. 발효는 시간을 전제로 하는 기다림이니까.

볼품없는 빵이 지닌 풍미를 먹어보지 않고는 모른다. 어쩌면 밋밋하고 재미없는 빵이라고 할 수 있지만 그것은 단지 겉모습일 뿐. 수수한 사람이 알면 알수록 더 끌리듯 밋밋한 겉과 달리 부드러운 속은 먹으면 먹을수록 자꾸 손이 간다. 담백하고 깊은 미각의 여운이 입안에 남는다. 속 깊은 사람을 진국이라고 하듯 빵도 속이 중요하다. 속을 먹기 전에 겉모양만 보고 쉽게 판단하지 말 일이다. 딱딱한

편견을 버리면 말랑한 속살의 맛을 알게 되리니.

시간의 눈금을 간직한 것은 천천히 먹어야 한다. 아끼는 것은 몸의 감각으로 더듬어 음미한다. 먼저 눈으로 스캔한다. 표면이 노르스름하고 밀가루가 살짝 묻어 있는 투박한 모양새다. 자르면 속이 보이는데 구멍이 숭숭 뚫렸다. 이것은 잘 발효되었다는 증거다. 발효 빵의 기본은 발효다. 연기자의 기본은 연기력이고 작가의 기본은 필력이다. 외모나 학력은 그 다음이다. 기본을 지켜 구운 자연적인 색감과 구멍이 소박하고 건강하게 보인다.

다음은 후각으로 들이마신다. 하룻밤을 숙성시킨 시큼하고 부드러운 발효 향이 비강을 지나 뇌를 자극한다. 딱딱한 감성이 금세 말랑해진다. 냄새가 주는 위안이 편안하다. 달콤한 향이 즉각적인 얕은맛이라면 코로 들어온 발효 향은 내밀하고 깊어서 몸속 바닥까지 휘젓는다. 깊은 속내에 끌린다.

그 다음 촉각을 느낀다. 치아바타는 손으로 뜯어먹어야 맛있다. 뜯었을 때 전해지는 감촉을 느끼면서 먹는다. 손끝에 닿는 부드러운 탄력과 쫄깃한 쾌감이 뇌를 터치한다.

첼로 줄을 가볍게 튕겨내듯 저음으로 당겨오는 촉감. 가위나 칼로 자를 때는 손끝에 아무런 느낌도 전달되지 않지만 손으로 자를 때에는 질감에 따라 각각 다르다. 크로와상은 지방의 결대로 분리되지만 껍질은 우수수 부서져 정신없다. 식빵은 촉촉해서 섬세하게 찢어진다. 카스텔라는 허망하다. 아무런 저항도 없이 너무 쉽게 잘라지기 때문이다. 나는 치아바타를 뜯을 때 가장 즐겁다. 그 탱탱한 저항감이라니.

최종적으로 미각만 남았다. 하이라이트다. 모든 것은 이 순간을 위해 존재한다. 그냥 먹어도 맛있지만 올리브유나 발사믹 소스에 찍으면 더 맛있다. 커피도 한 모금 마시고 휴대폰 카톡도 확인해가며 야금야금 먹어야 맛있다. 천천히, 안단테 혹은 안단티노로 음미한다. 씹는 맛과 넘어가는 맛 두 가지 화음으로.

빵을 먹을 때 가장 행복했던 사람은 누굴까. 가장 맛있는 빵을 먹은 사람? 아니다. 아마도 슈호프가 아닐까. 세상에서 가장 맛없는 빵을 먹었던 사내. 『이반 데니스소비치의 하루』의 주인공 슈호프는 빵 한 조각을 먹는 것에 대하여 이렇게 말한다. 입에 빵을 조금씩 넣고 혀끝으로 이리저리 굴리면서 침이 묻어나도록 한 다음에 씹어야 한다고. 러시아의 춥고 열악한 수용소에서 제대로 된 식사를 배급받지 못하는 수감자들에게 먹는 일이란 생존과 직결된다. 딱딱한 빵 한 조각을 헝겊에 싸서 침대 모서리에 신중하게 숨겨두는 모습은 먹는 것의 절실함을 보여준다. 그 몇 줄만으로도 그가 심사숙고해서 빵을 씹고 음미하는 행복한 모습이 그려진다. 침을 삼키고 빵을 넘기는 소리까지 들릴 듯하다. 실제로 수용소 생활을 했던 수염이 텁수룩한 솔제니친의 얼굴까지 겹쳐지면서 말이다.

빵은 해치우듯 먹는 것이 아니다. 햄버거를 먹어치우듯 한 입에 욱여넣는다는 것은 빵에 대한 예의가 아니며 먹는다는 것의 함의를 간과하는 것이다. 『백석의 맛』이라는 책의 저자는 음식을 먹는다는 것이 단순히 필요한 에너지를 얻는 행위에 그치는 것이 아니라 '나'는 누구인지 세계관은 무엇인지, 또 '나'와 세계는 어떻게 관련되어 있는지 깨닫게 되는 계기가 될 수 있다고 한다. 그러니까 빵을 먹는다는 것도 단순히 배를 채우는 것이 아니라 영혼을 위로하고 분위기를 만들고 자신의 철학을 지키고 더 나가서 문화를 먹는 행위인 것이다.

이탈리아를 여행할 때 몇 번 먹었던 음식이 파니니였다. 샌드위치처럼 빵이나 치아바타 사이에 햄이나 채소를 넣은 것이다. 트레비 분수 주변의 일리illy 카페에서 치아바타 사이에 구운 가지가 들어간 파니니를 먹었다. 소스가 전혀 들어 있지 않았는데도 맛이 좋았다. 양념이나 조미료를 넣지 않은 재료 본연의 맛을 살린 음식을 좋아하는 나로서는 꽤 마음에 들었다. 카페 샤케라또와 함께 먹었다. 매끄럽게 목을 넘어가는 샤케라또의 시원하고 진한 맛에 흡족해했던 큰애와 파니니의 담백한 맛에 행복해 하던 작은애. 동전을 넣으면서 빌었던 소원에 대하여 우리가 나눴던 이야기. 많은 인종이 걷고 있는 흥겨운 로마의 거리. 그런 분위기가 좋았다. 내가 즐기고 먹고 싶은 한 끼란 그런 것이다.

빵을 좋아한다. 굽는 것도 좋아한다. 빵을 굽는다는 것. 그것은 기다리는 일이다. 밀가루를 체에 치고, 반죽을 하고, 발효되길 기다리고, 구워지는 걸 기다리고, 그 시간을 기다림으로 기다리는.

누군가를 기다리는 일.

무언가를 염원하는 일.

그것은 힘든 일이다. 시간의 기둥에 발을 묶어 나를 발효시키는 일이다. 연해지고 순해지고 깊어지는 일이다. 수필을 쓰는 것처럼.

귤잼

귤 한 박스를 사는 것은 바보 같은 일. 까기도 좋고 먹기도 편한 귤. 먹고 싶어 샀지만 그것도 하루 이틀. 딸과 나 둘이 며칠 만에 5킬로그램 한 박스를 해치우기에는 역부족이었다. 입으로 들어가긴 쉬워도 박스를 비우기는 어려운 귤.

사다놓은 지 삼사 일이 지나고부터는 하얗게 해탈한 귤을 한두 개씩 들어내게 된다. 욕심으로 사다놓지만 어느새 무르고 썩는 내 식탐. 다 못 먹을 것을 알면서도 박스째 사기를 되풀이하게 되는 과일.

보다 못해 잼을 만들었다. 냄비에 껍질을 깐 귤을 넣고 주걱으로 젓다보니 아쿠타가와 류노스케의 「귤」이 생각났다. '어느 흐린 겨울 저녁, 나는 승객이 없는 요코스가 발 상행선 2등 객실에 앉아 있었다'로 시작하는 글.

기차 안에서 남루하게 차려입은 계집아이가 창밖으로 귤을 던지는 장면이 떠올랐다. 남의집살이 하러 가는 계집아이가 터널이 끝나는 지점이 나오자 품 안의 귤을 꺼내 창밖으로 던진다. 날이 저물어가는 외딴 마을의 건널목, 거기에는 추위로 볼이 빨개진 사내아이들이 제 누나를 배웅하기 위해 기다리고 있다. 소녀는 동생들에게 귤을 던지기 위해 터널 전부터 창문을 열고 터널이 끝나길 기다린 것이었다. 이윽고 소녀의 손을 떠난 귤이 포물선을 그으며 동생들의 발 언저리에 떨어진다.

그 시리고 아픈 이별이 주황색 귤로 날아가는 장면이 자꾸 떠올랐다. 자살로 생을 끝낸 류노스케의 날카로운 눈동자도.

잼은 작은 병으로 두 개가 나왔다. 빵에 발라 먹어보니 입안 가득 귤 향이다. 상큼한 향이 입안에서 터진다. 한 병은 토스트를 구울 때마다 발라먹기로 하고 나머지 한 병은 마침 그날 만나기로 한 사람에게 주었다.

글을 쓴다는 것은 어쩌면 바보 같은 일. 바보 같은 일을 매일 반복한다. 그렇더라도 내게서 날아간 귤이 누군가의 가슴을 향긋하게 물들인다면 그것으로 족한 일.

개 같은 경우

개를 키우는 집이 많다. 주택만 있는 이 동네는 조용하지만 아침이나 오후에는 개를 산책시키는 사람들이 골목길을 지난다. 레트리버, 알래스칸 맬러뮤트, 러프콜리, 혹은 아프간하운드 같은 대형견이다. 크고 생소한 품종의 개들을 보면 입이 벌어진다. 위협적이기도 한 그들은 걷는 폼도 당당하다. 산책은 대개 남자들이 시킨다. 이상하게도 십중팔구는 작은 체구의 남자들이다. 두꺼운 목줄을 단단히 손에 감고 마치 든든한 부하를 앞세우듯 뒤따라간다. 아니다. 따라가는 것이 아니라 질질 끌려간다. 개가 주인인지 사람이 주인인지 분간이 어렵다.

옆 동네는 아파트다. 단지를 끼고 있는 공원에도 사람들이 개를 데리고 산책한다. 이쪽은 소형견이 많다. 닥스훈트, 말티즈, 포메라니안, 비글. 이름도 갖가지. 모습도 갖가지. 주인은 이어폰을 귀에 걸거나 반바지를 입은 젊은 여자들이다. 얇은 목줄을 가볍게 쥔 세련되고 우아한 주인. 그 옆에 붙어 가는 녀석들의 폼은 귀엽고 재미있다. 귀에 달랑거리는 귀걸이처럼 주인의 액세서리 같다. 녀석들은 짧은 다리로 종종종 주인을 따라가다 딴 짓을 하기도 해 줄이 엉킨다. 그러면 주인은 목줄을 당기고 개는 어쩔 수 없이 끌려간다. 어떤 사람은 아예 아기 안듯 안고 간다.

내가 아는 개는 흰둥이나 누렁이다. 그런 이름의 개들은 순한 귀가 반쯤은 접히고 식구들 목소리만 들어도 탐스런 꼬리를 살랑살랑 흔들었다. 가만히 등을 만져주면 질질 오줌까지 지리던, 까만 눈망울이 터무니없이 맑았다. 털이 복슬복슬한 새끼를 대여섯 마리씩 낳아서 주인이 인심 쓰듯 이집 저집 나눠줄 수 있기도 했던 토종개.

그런데 요새는 보이지 않는다. 모두 어디로 갔을까? 아파트에서도, 단독주택에서도 찾을 수 없다. 발발이도, 바둑이도 씨가 말랐다. 혹시 개도 구분하여 촌스런 토종은 식용으로나 유통되고 귀한 혈통의 품종만 애견으로서의 지위를 보장받는 것일까?

개를 키우지 않는다. 아이들 양육만으로도 내 삶은 충분히 버겁다. 외로울 만큼 한가하지도 않고, 정도 많은 편은 아니어서 넘칠 일도 없다. 잡아먹을지언정 정이라는 도구로 상하관계를 맺고 싶지도 않다. 다른 종족의 운명을 쥐락펴락할 쥐꼬리 같은 권리나 권력도 애초에 관심 밖이다. 하지만 반려동물에 대한 지나칠 정도의 애정 표현은 좀 불편하다.

지하상가 애견숍을 지날 때였다. 유리박스 안에는 태어난 지 일 개월도 지나지 않았을 것 같은 하얀 말티즈와 갈색 푸들이 힘없이 웅크리고 있었다. 그 옆에는 개에게 입히는 옷이 걸려 있었다. 그날 따라 진열장에 걸린 옷이 바쁜 시선을 잡았다. 얼핏 보면 서너 살 아이가 입을 만한 조끼처럼 앙증맞았다. 그것은 바로 밍크였다.

제 털은 깎인 채 가죽에 다른 동물의 털을 뒤집어쓰고

있을 가엾은 개와 그 옆에서 '우리 애는요, 아무 옷이나 안 입어요' 하며 개에 대한 애정을 부를 과시하는 불순한 의도로 이용할 어느 개주인. 그럴 때를 사람들은 개 같은 경우라고 하겠지.

내 눈은 한동안 그 밍크에 걸려 있었다….

어느 유기견의 원칙

우리 집 맞은편에는 집이 두 채 있다. 왼쪽 집은 울타리가 낮다. 마당엔 배롱나무가 초여름부터 가을까지 진분홍 꽃을 피운다. 이 집엔 아이들 셋을 둔 부부가 산다. 자주는 아니지만 아이들이 나와서 공놀이를 하거나 배드민턴을 친다. 골목에서 들리는 아이들 소리는 언제나 기분을 좋게 한다. 초등학교 1학년인 막둥이가 징징 우는 소리도 좋다. 그 소리를 들으면 아이들이 가득했던 옛날 골목길 생각이 난다.

배롱나무집 여자는 음악선생님이다. 소곤소곤 말하는

그녀와 가끔 마주치면 인사도 하고 한참씩 서서 얘기도 나눈다. 내가 아이들에게 책을 주면 우리에게 과일을 준다. 그러다보니 자연스레 먹을 것이 오가는 사이가 되었다.

오른쪽 집은 옹벽 위에 담장이 있다. 올려다보는 사람에게 위압감을 준다. 보안 카메라가 부착된 회색 벽과 검은 지붕은 돈을 좀 들인 집이라는 걸 충분히 과시하고도 남는다. 다른 집보다 한 층 더 높다. 밖에선 보이지 않지만 집 정원에서는 골목을 훤하게 볼 수 있다. 그 앞을 지나다보면 누군가 정원에서 사람들을 내려다보고 있을 것 같은 느낌이 들기도 한다. 커다란 오엽송 가지가 웅장하게 골목으로 휘어져 있다. 나무의 기세조차 사람을 주눅들게 한다.

나무만 그런 것이 아니다. 건장한 체격에 구레나룻이 거뭇한 그 집 남자는 목소리까지 크다. 한번 소리치면 우리 집까지 흔들리는 것 같다. 휴대폰으로 전화하는 소리, 다른 사람과 얘기하는 소리가 집안에 있어도 잘 들린다.

주차 시비가 있을 때면 남자의 목소리는 더 커진다. 자신의 집 앞에 다른 차가 주차 되어 있는 것을 용납하지 않는다.

"어떤 개새끼가 남의 집 앞에 주차해놨어?"

나는 방문하는 사람들에게 그 집 앞에 절대로 주차하지 말라고 당부하곤 한다. 우리 집 앞은 가끔 용무를 보는 차들이 맘대로 대놓고 가지만 그 집 앞은 남자의 차만 주차되어 있을 뿐 늘 한적하다. 개가 되고 싶지 않아서인지 어느 누구도 그 집 앞에 차를 대지 않는다. 설사 멋모르고 주차를 하더라도 내지르듯 뱉는 남자의 위협적인 목소리를 듣는다면 다시는 그 집 앞에 차를 댈 수 없다.

새벽, 누런 바탕에 하얀 얼룩이 있는 커다란 개를 보았다. 듬성듬성 윤기 없는 털. 움푹 들어간 야윈 허리. 덥수룩한 꼬리를 살짝 흔들며 앞의 두 집 사이 경계로 사라졌다. 그 이후로도 몇 번 더 개를 보았다. 주로 저녁이나 새벽이었다. 유령처럼 사람들이 다니지 않는 시간에 남의 집 뚫린 울타리로 들어가거나 아직 다 지어지지 않은 옆집에 들어가기도 하였다.

어느 날. 아이를 학교에 데려다주고 대문으로 들어서니 고약한 냄새가 났다. 잔디에 퍼질러 앉은 똥 한 무더기가 눈에 들어왔다. 도대체 출처를 알 길이 없었다. 어지간해야 치우든지 말든지 하지. 그 덩어리를 처리할 재간이 없었다. 개똥 치우라고 사람을 고용할 수도 없는 노릇이었다. 하는 수 없이 며칠째 그대로 두었더니 냄새도 없어지고 하얗게 굳었다. 나중에서야 그 개의 소행임을 알았다. 내가 할 수 있는 소심한 방어는 대문을 꼭 닫아거는 것이었다.

그런데 우리 집만 그런 일이 있었던 것이 아니었다. 배롱나무 집에 물었더니 역시나 그 집에도 똥을 누고 갔다는 것이다. 음악선생님도 문단속을 잘해야겠다고 걱정스럽게 말했다. 작은 공감대가 우리를 가깝게 만들었다. 이상하게도 그 말을 들었을 때 개에 대한 분노도 수그러들고 마음도 편해지는 것이었다. 혼자 피해를 보았을 때와 누군가와 같은 피해를 보았을 때 왜 마음이 달라지는 것인지. 하지만 그것은 나 같은 사람의 생각이고 그렇지 않은 사람도 있었다.

저녁이었다. 급하게 차 멈추는 소리가 났다. 이윽고 사람들 뛰는 소리가 들렸다. 부엌 창으로 내다보니 낯선 트럭이 와 있고 포획망을 든 사람과 플래시를 든 사람들이 어수선하였다. 유기견을 잡으러온 차였다. 저녁 설거지를 하다 말고 급하게 밖으로 나갔다. 담이 높은 집 남자도 있었다.

개는 새로 건축이 한창인 집에 숨어 있었다. 서너 명의 대원들이 입구를 스티로폼 패널로 막고 개를 몰아갔다. 좀 엉성해보였다. 이층 난간에 개가 보였다. 뛰어내리면 어쩔까 싶어 걱정이 되었다. 사람들은 이층으로 뛰어갔다. 그러나 개는 사람들 틈을 뚫었다. 일층으로 내려온 개는 날 잡아보라는 듯이 스티로폼 패널을 훌쩍 넘어 뒷집으로 달아났다. 순식간이었다.

알고 보니 신고를 했던 사람은 담이 높은 집 남자였던 것이다. 그는 대원들을 다그쳤다.

"아니, 그걸 놓치면 어떻게 합니까? 다 잡은 건데 놓쳤네. 그 개가 얼마나 막대한 피해를 주는데요."

막대한 피해라니. 과장된 것 같았지만 집으로 들어오고 말았다. 다리가 가려웠다. 구경을 하느라 모기에 물리는 줄도 몰랐다. 귀를 골목 쪽으로 열어놓고 미처 하지 못한 설거지를 했다. 남자의 다음 말이 궁금했다. 분명 저리 순순히 끝내지는 않으리라는 생각이 들었다. 귀를 쫑긋 세웠다. 역시 분이 덜 풀렸는지 말끝이 한참 짧은 불만스러운 목소리가 거칠게 던져졌다.

"그 개새끼가 얼마나 피해를 주는데. 맨날 우리 집 뒷마당에 와서 똥을 한 바가지씩 싸놓고 간다구."

남자의 악에 바친 마지막 말이 골목을 흔들었다. 나는 하마터면 환호성을 지를 뻔했다. 배롱나무집 음악선생님도 나처럼 입을 막고 기뻐하고 있을 것 같았다. 그 집에도 개가 똥을 누고 가리란 생각은 못했다. 우리 집과 배롱나무 집이야 만만하지만 담이 높은 집은 그리 쉬운 집이 아니었을 텐데 말이다.

'막대한 피해'를 준다던 녀석에게는 개답지 않게 원칙과 소신이라는 것이 있던 모양이었다. 한 군데만 아니고 골고루, 공평하게 똥을 나누어주고 다녔으니 말이다. 비록 고단한 유기견 신세였지만 평등의 원칙을 지키는 개였다. 순간, 제발 잡히지 말았으면 하는 바람이 생겼다.

대원들은 급하게 자리를 떴다. '18'을 들먹이던 남자도 들어가자 골목은 조용했다. 어느덧 여름 저녁은 밤으로 바뀌고 가로등에는 날벌레들이 모여들었다. 담이 높은 집. 그 앞에 주차된 남자의 차도 서서히 어둠에 묻히고 있었다. 여름밤인데도 등이 서늘했다. 그 어둠 속 어디에서 번뜩이는 두 개의 눈동자가 담이 높은 집을 보며 웃고 있을지도 모른다는 생각이 들어서였다.

이별 편지를 대필하다

너에게 가는 길을 폐쇄한다. 휴대폰 연락처를 지우고 카카오톡에서 나가기를 누른다. 너의 프로필 사진은 이목구비가 없는 그림자로 바뀐다. 내 해마는 너의 전화번호를 기억하지 못한다. 다만 너를 학습했던 시간을 간직할 뿐. 때로 그 학습의 효과가 내 생활에 문득 들어서곤 할 것이다. 커피를 마실 때 네가 했던 특이한 습관을 나도 모르게 따라하곤 할 것이다. 거품이 사라지기 전에 커피를 한 모금 마시고 내려놨다가 일 분 지나서 다시 들어서 한 모금 마시고 '아' 하고 길고 낮게 내뱉는 음성. 참 기특하게도 내

해마는 너를 배우기도 잘했고 익히기도 잘했다.

끝내자는 말도 없이 연락을 끊는다. 서로 언제든 끝내고 싶을 때 말하자고 했었지만 하지 않기로 한다. 싫어서가 아니라고 말하고 싶었으나 아예 그 말조차도 하지 않는 것이 예의라고 생각한다.

내게 늘 미안하다고 했었다. 좋은 것 사주지 못해서, 맛난 것 사주지 못해서 미안해했다. 좋은 곳에 데려가주지 못해서 미안하고 시간을 많이 내주지 못해서 미안해했다. 지금은 부족하지만 조금만 기다려달라고. 난 말이지 전혀 불편하지 않았는데 너는 왜 그렇게 내게 미안해했는지 지금은 조금, 아주 조금 알 것 같다.

너는 나를 많이 좋아했던 것 같다. 그걸 어떻게 아냐면 사람의 관계는 좋아하는 사람이 더 밑진다는 걸 이미 알고 있기 때문이다. 좋아하는 사람이 항상 미안하다고 말하는 것을 경험상 알고 있었다. 나 역시 그러했으므로.

시간이 지난 후 네가 연락을 해왔을 때에도 바로 답을 주지 않았다. '시간 있으면 한번 만나줄 수 있겠니?' 라고 소심하게 물어오던 메시지를 나는 한참의 시간이 지난 후에 '물론'이라고 답했다. 하지만 그게 이루어질 약속이라고 생각하진 않았다. 너도 그것을 느낀 것인지 짧고 어색한 인사를 끝으로 더 이상 내게 연락을 하지 않았다.

미래가 두려웠다. 중독이란 것이 두려웠다. 삶을 엉망으로 만들어버리기 때문이었다. 서로에게 중독된다면 우리의 미래는 어떻게 될지 장담할 수 없었다. 누구에게 중독된다는 것은 묶인다는 것. 전화가 안 오면 기다리게 되고, 만나지 못하면 보고 싶고, 만나면 헤어지기 싫었다. 매일 너의 생각을 하면서 나의 일은 전혀 신경쓰지 못하는 그런 상태.

너를 만나려면 샤워를 해야 하고 머리를 손질해야 하고 정성들여 화장을 해야 했다. 어떤 옷을 입어야 너의 마음에 들까를 고민해야 했다. 나의 많은 시간을 너를 만나는 준비를 하는 데 써야 했다. 쓸데없다고 생각했던 것이 중요해졌다. 그 과정이 날 설레게 하고 들뜨게 했지만 동시에 두렵게 하기도 했다.

나와는 너무 다른 사람이 내 몸에 들어와 제 마음대로 나를 움직이는 것 같았다. 내 삶을 흔드는 그 무엇이 조금씩 버거워졌다. 내가 쥐고 있다고 생각했던 모든 선택권과 통제력이 힘을 잃기 시작하는 것을 직감하는 순간, 이쯤에서 그만두어야겠다고 생각한 것이다.

날 너무 사랑하지 말라고 충고하고 싶다. 네가 상처 입지 않기를. 나는 그냥 바람처럼 너를 스쳐간 것이라고. 어떠한 형태로든 남겨놓은 것이 있었겠지만 이렇게 깔끔하게 끝내는 것이 나의 사랑 방식일 수도 있겠다.

가끔 가슴이 아팠다. 매일도 아니고 자주도 아니고 어쩌다 가끔. 너는 멋진 사람이었지만 난 매우 현실적인 여자였기에 살짝 너란 사람을 맛만 보고 떠난다. 난 아무래도 너의 인연은 아닌 것 같다. 다른 임자가 너를 차지하기를. 서로 간의 룰을 우린 이미 알고 있었던 것 같다. 상대의 삶에 누가 된다면 언제든 떠날 수 있어야 한다는 것을.

우리가 했던 약속이 꼭 지켜지기를 바란다. 길거리에서 만나더라도 뜻하지 않은 곳에서 보더라도, 옆에 다른 파트너가 있더라도 서로 모르는 척하지 않기로 했던 약속. 가볍게 인사쯤은 하자던. 그렇게라도 너를 우연처럼 볼 수 있게 되기를.

너를 안다. 남자다웠고 부드러웠고 세심했던 너를. 무엇보다 나를 배려해준 마음씀씀이 오래 내 가슴에 머물 것 같다. 고맙다. 나를 사랑해줘서.

이것은 친구를 대신한 결별 편지의 사본이다. 자서전을 대필하고 연애편지를 대필한다고 하지만 이별 편지를 대신해서 썼다는 소리는 처음일 것이다. 처음인 일을 해보았다. 친구는 이미 진행된 이별을 했다. 그렇지만 이 편지가 '너'에게 전해지지는 않았다.

승률이 낮은 도박에 미래를 걸 만큼 친구가 용감하지 않아서 다행이었다. 불안한 사랑보다는 불행한 안정에 머물고 싶은 친구의 비겁하고 소심한 선택을 암묵적으로 지지한 것도 나였다. 하지만 편지를 쓰면서 친구보다 내가 더 아팠다. 아마도 오랜 시간이 지난 뒤에 이 사랑을 기억하는 것은 친구가 아니라 나일 것 같다.

전두엽에 남은 어느 목소리

목소리에 그 사람의 모든 것이 들어 있다. 단순히 성대의 떨림으로 나오는 소리가 아니다. 성격과 사상, 시간과 삶이 고스란히 담겨 있다. 상냥하거나 어눌하거나 괴팍하거나. 눈이 마음의 창이라면 목소리는 그 사람의 영혼 그 자체라 하겠다.

몇 년 전 건축과 관련된 일로 몇 번 보았던 사람이다. 난 무엇을 물어보는 입장이었는데 그는 설계나 감리를 보던 사람이었던 것 같다. 처음 그를 보았을 때 나는 그 자리를 피하고 싶었다. 벌어진 어깨와 짧은 스포츠머리, 거친 인상은 조직폭력배를 연상케 했다. 번지수를 잘못 찾은 낭패감이 들었다.

그러나 그가 입을 여는 순간 그의 외모는 내게 아무런 위협을 주지 못했다. 차분하고 부드러운 음성이 귀에 들어왔다. 정중하게 상대를 배려하는 그의 목소리는 그가 가진 외적인 조건을 상쇄하고도 남았다. 어떻게 거친 인상에서 부드러운 목소리가 나올 수 있는 것인지. 외모가 목소리를 가두고 있는 것처럼 보였다. 아주 딴 사람이라는 착각이 들게 했다. 뭐랄까. 지적이고 매너 좋은 멋진 신사의 영혼이 그 안에 들어앉은 것 같았다.

온화했다. 직업 특성상 그렇지 않을 거라고 생각했는데 오산이었다. 큰 몸집에서 나오는 굵직하고 부드러운 음성. 듣기 좋은 중저음에 세련되고 다정한 어감이 상대를 편안하게 만들었다. 폭신한 안락의자에 앉은 것 같았다.

묵직한 신뢰. 조용한 카리스마. 눈은 상대에게 집중하고 가만가만 말을 이어갔다. 적절한 어휘와 깔끔한 끝은 말의 요지를 정확하게 전달했다. 크지도 작지도 않은 음성은 상대를 지그시 눌러 앉혔다. 신뢰와 안정과 배려를 두루 갖

쳤다. 그가 가진 그 어떤 것도 목소리만큼 훌륭하게 보이지 않았다.

소리의 결을 만질 수 있다면 벨벳이었다. 부드럽고 포근했다. 무게가 있다면 아래로 가라앉고 색이 있다면 그건 짙은 갈색이나 깊은 블루에 가깝다. 그리고 따뜻했다. 정수리부터 발가락 끝까지 나를 쓰다듬고 감싸는 듯했다. 난 그의 목소리를 만지고 싶었다. 볼을 대고 부비고 싶었고 목에 두르고 싶었고 등을 기대고 싶었다.

맛이 있다면 진하고 감칠맛이 났다. 그의 소리를 무엇에 비유하면 적절할까? 진하고 그윽해서 마시고 싶고 삼키고 싶었다. 맞다. 에스프레소! 그의 목소리를 한마디로 표현한다면 에스프레소였다.

만약 그의 외모가 훌륭했다면 어땠을까를 생각한다. 그 목소리가 오래도록 남는 이유는 험악한 인상에 대한 반전이 아니었을까. 반전이 크면 클수록 짜릿한 전율은 오래간다. 그 전율은 외모가 아니라 목소리에 있다. 어쩌면 마음을 사로잡는 것은 보이는 것이 아니라 보이지 않는 것이 아닐까.

나의 전두엽에 카페인처럼 남은 음성. 아니, 그 사람의 영혼. 이후로 그를 다시 볼 일은 없었지만 가끔 군중 속에서 그의 목소리를 들은 것 같은 때가 있다. 환청으로 남은 목소리.

양재동 꽃시장을 가는 이유

양재동에 가면 하루가 환하다. 별다른 성과 없이 밋밋한 일상이 반복되는 주중의 아무 때나 좋다. 아이들이 등교한 느긋한 오전, 운동화에 점퍼 차림으로 시동을 건다. 염곡 지하차도를 지나 유턴을 해서 들어간 곳. 양재동 화훼공판장이다. 나의 목적은 무채색 하루를 심심치 않게 채색해줄 아리따운 꽃 한 묶음, 화사한 기분을 들고오는 것이다. 아름다운 풍경은 덤이다.

매장 안에 들어서면 눈이 갈팡질팡한다. 어디로 눈길을 줘야 할지. 사방이 꽃이다. 다들 자신을 보라고 아우성치는 것 같다. 꽃의 세계. 꽃의 나라. 색이란 색은 모두 여기에 진열된 듯 색의 향연이 기다란 융단처럼 펼쳐진다. 크거나 작거나 화려하거나 자잘하거나. 여러 종류의 꽃을 보면서 세상에 안 예쁜 꽃이 없구나 생각한다. 세상에 안 예쁜 아기가 없고 안 예쁜 여자가 없듯.

그 많은 꽃들의 이름을 나는 잘 모른다. 내가 아는 이름은 장미, 국화, 카네이션, 수국 정도다. 몰라도 사는 데 문제는 없고 아는 척할 필요도 없다. 그들도 내가 꽃집 주인이 아니라는 걸, 어설프게 꽃을 좋아하는 뜨내기라는 걸 단박에 알고 있을 터이니. 그래서 '이거주세요', '저건 얼마인가요?'라고 묻는다.

꽃을 사고 나면 자동으로 발길이 가는 곳이 있다. 절화매장 앞에는 토스트를 파는 파라솔이 있다. 파라솔 주변을 비닐로 감싸고 그 안에서 토스트를 파는 사람은 60대 정도로 보이는 여자 분이다. 늘 그 자리에서 토스트를 판다. 12시 전에 가야 토스트를 맛볼 수 있다.

토스트는 마가린을 철판에 바르고 시중 마트에서 살 수 있는 네모난 식빵 두 개를 굽는다. 플라스틱 컵에 당근과

양배추 채를 썬 것과 달걀을 집어넣고 풀어서 철판에 프라이를 한다. 구워진 식빵 사이에 달걀 프라이를 넣은 다음 설탕과 케첩을 넣을지 말지를 묻는다. 그 둘이 다 들어가야 완벽한 길거리 토스트가 되므로 나는 둘 다 넣어달라고 한다.

이쯤 되면 내가 양재동 꽃시장을 가는 진짜 이유를 간파했을 것이다. 꼭 그 시간이면 배가 고플 시간이다. 날이 추우면 더 맛있다. 하얀 입김을 불어가며 발 동동 구르면서 먹는다. 마가린 냄새가 찬 공기 사이로 후각을 자극하면 발걸음은 이미 그쪽을 향한다. 인스턴트 믹스커피 향까지 나면 배가 불러도 가게 된다.

쥔장 옆에 놓인 의자에 앉아 토스트와 믹스커피를 함께 먹는다. 신문지에 싼 절화를 잔뜩 들고 가는 사람들을 보면서 한 입 베어문다. 그 어떤 런치 메뉴보다 맛있다. 달짝지근한 커피도 홀짝 마시면서 주인과 얘기도 나눈다.

나는 그분께 집에서 똑같이 토스트를 굽는데 왜 맛이 없냐고 묻는다.

"제가 굽는 것보다 더 좋은 것으로 하니 똑같은 맛이 안

나지요."

그러면서 빙그레 웃는다.

더 좋은 걸 쓰니까 그 맛이 안 난다? 더 맛있어야지 왜 맛이 덜한가 말이다. 곰곰이 생각하다가 무릎을 친다. 전에 시누이가 했던 말이 생각났다.

"있잖아, 여기서 맛있게 먹던 김치를 가져다가 집에 가서 먹으면 왜 그 맛이 안 나지?"

시누이는 시어머니가 담근 김치를 쭉 찢어 입안으로 넣으며 손가락까지 쪽쪽 빨았다.

맛도 장소와 사람을 가리는가보다. 토스트 가게 주인만이 그 장소에서 그 맛을 낼 수 있고 누구도 흉내낼 수 없는 김치 맛은 시어머니의 손끝에서만 가능하다. 그 장소, 그 사람이 아니면 아무리 좋은 재료라도 아무 맛이 없는 것이다.

일도 마찬가지 아닐까? 나만이 할 수 있는 일을 할 때 내가 가장 나답다는 결론. 자신이 있어야 될 자리에 있는 것. 그 역할을 잘 해내는 것. 그것이 잘 먹고 잘 사는 길이겠지.

잘 써야겠다

어느 날, 종합병원 응급실에서 낯선 나와 마주쳤다. 대상포진으로 응급실 대기 의자에 앉아 기다리다가 보게 된 전광판에서 내 이름을 찾다가 그만, 내가 누군지를 보았다. 내가 알고 있는 나와는 아주 다른 나를.

최지안.

여.

46.

대기 중.

붉은 글씨가 나를 건너다보았다. 갑자기 눈시울이 뜨거

워졌다. 진바지에 민소매 티를 입고 선글라스를 쓴 긴 파마머리의 여자. 응급실 대기의자에 비스듬히 앉아 순서를 기다리는 사람. 바로 전광판에 나타난 최지안이라는 사람이었다. 저것이 나란 말이지.

이름과 성별과 나이로 남은 여자. 전광판은 간단하게 나를 표시하고 있었다, 내가 흘렸던 눈물도, 내가 맛본 쓴맛도 모두 생략된, 나란 사람의 이력을 알려주는 어떤 단서도 없이.

어떻게 나를 단 세 가지 항목으로 쉽게 말할 수 있을까. 전태일이 죽은 해에 태어나 주민등록 주소지가 열 몇 번 바뀐 가난한 집의 둘째로 자란 나란 사람의 역사를 그것은 알지 못했다.

초등학교 3학년 때에 오랜 독재를 하던 대통령이 죽었고, 그 다음해에 광주 민주화운동을 '광주사태'라고 보도했던 뉴스를 보았다. 언니의 중학교 국어책과 노트를 훔쳐보며 초등학교 시절을 보냈다. 내 일생 중에서 시간이 가장 느리게 가던 시기였다.

내 또래는 유일하게 교복을 입어보지 못했다. 중학교와

고등학교 6년을 교복뿐 아니라 과외금지 조치로 학원도 다녀보지 못했다. 나는 사복을 입고 학교를 다니며 공부보다는 친구들과 노는 것에 신경을 더 썼다. 조지 오웰, 카뮈, 헤밍웨이를 들먹거리며 겉멋이 들기도 했다. 그 즈음 보니엠의 〈해피송〉이라는 노래가 거리마다 웃고 있었다. 그러나 사람들의 얼굴은 행복하지 않았다. 박종철의 고문사와 이한열의 죽음이 신문을 채색했다.

서태지가 〈난 알아요〉를 부르면 대중들은 열광했다. 나는 아는 것도 없었고 아는 것이 없다는 것도 몰랐다. 페레스트로이카를 진행하던 소련은 러시아로 바뀌고 베를린 장벽은 무너졌다. 칼국수를 좋아하던 대통령 덕에 금융실명제가 실시되었어도 왜 그래야 되는지 몰랐다. 성수대교가 붕괴되고 삼풍백화점이 무너지는 일도 있었다. 사람들의 마음은 자존심과 함께 무너졌다.

결혼을 해서 큰아이를 낳을 쯤엔 아이엠에프 사태가 벌어졌다. 자동차 회사에 다녔던 아랫집 아저씨는 실직 후 퇴직금으로 주식투자를 했다가 다 날렸다. 남편도 예외는 아니어서 실직을 했다. 나는 아이의 백일 반지를 팔아서 돌잔치를 했다.

노벨평화상을 수상하는 대통령도 보았다. 그런가 하면 상고를 나온 변호사 출신 대통령이 죽어서 그 분향소에 초등학생 아이를 데리고 조문을 가기도 했다. 어느 해 4월은 채 피지 못한 꽃송이들이 남해 바다에서 배와 함께 가라앉았다. 그리고 어느 겨울, 이제는 커서 고등학생이 된 아이를 데리고 광화문에 가서 촛불을 들고 노래를 불렀다. 그 몇 개월 후 대통령이 바뀌었다.

1970년대에 태어난 나는 굵직한 이슈들을 끼고 두 세기를 거친 어중간한 세대였다. '마이마이'를 들고 헤드폰을 쓴 채 이문세의 '별밤'을 듣던 X세대였고 삐삐를 허리춤에 차고 '8282'라고 뜬 숫자를 보면 급하게 전화를 걸던 신세대였다.

우리 세대는 풍요로웠다. 수직으로 상승하는 그래프처럼 위로만 잘 나갈 줄 알았다. 그러나 운이 그리 좋은 것은 아니었다. 왕성한 시기에 아이엠에프 사태라는 직격탄을 맞아 부상당한 세대였다. 디지털을 처음 맛본 동시에 아날로그의 마지막 열차를 탔던 낀 세대였다. 포물선을 그리며 바닥으로 내려가는.

급변하는 시대에 뒤처져 따라가기 바빴다. 나는 미래에 대하여 생각할 틈이 없었고 사십대의 어느 날 병원 대기실에서 그렇게 전광판에 표시된 나와 맞닥뜨릴 줄도 몰랐다. 태어나기도 전에 결정된 사실과 선택할 수 없었던 영역은 내 삶에 두루두루 곱지 않은 영향을 미쳤다.

여성이라는 제약과 사회제도의 뒤꼍에서 삼켜야 했던 부당함과 가려야 했던 궁핍. 많은 날을 다음으로 미루고 닫힌 문 앞에서 돌아서던 기억. 아침에 눈을 뜨면 움직이지 않는 사실에 마음이 무너지던 시간. 그렇게 나는 의도치 않았던 결정과 묵인에 밀려 무기력하게 푸른 날들을 써버렸다.

역사와 시대에 맞물려 소비한 나의 사십 몇 년. 비싼 값을 지불하고도 저렴하게 써버린 것은 아닌지. 핑계만 찾다가 나태해진 것은 아닌지. 그 대가로 아직 쓰지 못한 남은 날도 빠르게 소진되는 것은 아닌지 조급해진다. 47을 지나고 48을 지나 결국 50, 60, 70으로 넘어갈 갈 것이다. 뒤로 갈수록 가속도가 붙어서 굴러갈 것이다.

잘 살아야겠다. 아니, 잘 써야겠다. 내게 부여된 시간을 현명하게 쓰고[用], 합리적으로 쓰고[消費], 훌륭하게 써야겠다[書]. 지금은 '대기 중'이지만 언젠가는 '완료'나 '종료'가 되겠지. 그때까지 나의 역사를 가치있게 잘 써야겠다.

동네 병원으로 갔었어야 했다. 진료를 보는 데 3시간이 걸렸다. 의사는 내 상태를 경미하게 단정했다. 아프고 흉터는 남겠지만 죽지는 않을 것이라며 약을 처방해주었다. 별다른 치료도 없이 시간과 돈을 쓰고 병원을 나왔다.

과소비였다.

차라리 포기째 뽑아갔다면

지난 가을, 마당에 탐스럽게 핀 국화를 누군가 훔쳐갔다. 붉은 국화가 동그란 모양으로 피었는데 가장자리를 쓰러뜨리고 가운데 가지만 꺾었다. 가운데가 없어 휑한 국화는 보기에 좋지 않았다. 나도 속이 휑했다. 누굴까. 마음먹고 마당까지 들어와 모질게 꺾어간 손.

도쿄의 어느 마을에 갔다가 집 앞에 놓인 화분들을 보았다. 어느 작가가 살았던 집을 보러가는 중이었다. 대개의 집들이 그렇듯 작은 베란다에는 빨래가 널려 있고 문이 닫힌 집 앞에는 화분들이 늘어서 있었다. 어쩌다 한두 집도 아니고 모든 집이 약속이나 한 것처럼 문 앞에 작은 화분들을 두었다.

작고 비슷비슷한 집들이 고만고만한 마을이었다. 길이 좁아도 깔끔했다. 오히려 지저분한 군더더기가 없어서 정겨움을 느낄 수 없었다. 그냥 '깔끔하네'라고 끝날 감상이 그 화분들을 보고 바뀌었다. 집에 사는 사람이나 그 집 앞을 지나치는 사람 누구에게나 보는 즐거움을 허용한 그들의 마음이 기억에 남았다.

나도 여름이면 페튜니아를 담에 걸어놓고 가을이면 국화 화분을 사다 집 앞에 놓았다. 국화는 가으내 꽃을 본 후 마당에 심었더니 이듬해 꽃이 소담하게 피어 오가는 사람들의 시선을 붙잡았다.

그랬던 것을 누군가 혼자만 보고 싶었던 모양이었다. 차라리 포기째 뽑아서 화분에 심어 다른 이들도 함께 즐기면 더 좋았을 것을.

국화는 가을 한번을 피어서 아름답다. 가을이 다 가도록 오며가며 눈으로만 즐기며 그대로 내버려둘 순 없었을까. 아름다운 것은 거기 있어서 더 아름답도록.

제4장 기다려 일로일로

리턴

집에 왔다. 떠났을 때의 그 지점으로. 배낭여행이란 이름으로 배낭대신 캐리어를 끌고 다녀온 여행이었다. 여행은 결국 돌아오기 위해서 떠나는 것이란 생각을 한다. 다시 내 자리로 돌아오는 것.

난 돌아오기 위해 짐을 끌고 시간을 거슬러 그쪽으로 갔다. 돌아오기 위해 기차 바닥에 앉아 졸았고 돌아오기 위해 구글 지도를 보며 길을 헤맸다. 낯선 침대에 몸을 누이고 낯선 문화를 기웃거렸다. 그리고 돌아오기 위해 12시간을 유라시아 대륙의 어느 하늘에 도로 반납하고 왔다.

돌아올 비행기 티켓 없이 떠나는 것은 여행이 아니다. 내 자리로 돌아오는 것이 여행이다. 낯선 곳에서 느낀 것은 저쪽의 내 보금자리가 여전히 안전하게 존재하고 있다는 사실이다. 그것을 감지하는 일. 그 깨달음을 얻으려고 발 아프게 걷고 타국의 호텔에서 잠을 잤다. 지구의 반대쪽 저편에 내가 발 뻗고 누울 자리가 있다는 사실. 여행은 그것을 확인하는 일이다.

여행을 동경했다. 가보지 않은 곳으로의 도주를 꿈꾸었다. 현실이 만족스럽지 않을 때, 딛고 선 발판이 얄팍할 때 이탈을 도모했다. 또는 족쇄가 단단하게 발목을 조일 때에도 유혹은 간절했다. 편안할수록 현실은 미치도록 밋밋해지고 그것으로부터 탈출하는 길만이 살길이라고 생각했다. 하지만 엄밀히 말해 여행은 도피가 아니다. 오히려 현실에 더 가까워진다는 것을 여행을 다녀오면 깨닫는다. 그래도 여기가 비집고 서 있기에 아주 적당하다는 사실을.

여행은 생략이다. 내 짐은 그다지 크지 않았다. 단기 여행객들은 커다란 캐리어를 챙겨들고 다니지만 장기 여행자들은 그렇지 않다. 무거운 짐을 오랜 기간 끌고 다닐 수 없다. 때로는 한 도시에 하루만 머물다 떠나는 경우도 있어서 짐을 조금만 줄여도 훨씬 수월해진다. 기내용 캐리어 하나만 챙겼다. 여행 내내 서너 벌의 옷을 번갈아 입으며 최소한의 차림새로 다녔다. 매일 같은 운동화에 같은 가방을 메고 서너 시간 걷는 것은 기본이었다.

여행을 하면 알게 된다. 캐리어에 든 것만 가지고도 몇 달을 버틸 수 있다는 것을. 최소한의 삶. 덜어내는 가벼움도 생각보다 괜찮다. 언젠가 돌아올 티켓 없이 떠나게 되는 날엔 아무것도 챙기지 못할 것이니 그때를 위한 준비 정도라 생각한다.

여행은 특별한 소비다. 하지 않을 자유를 구매하는 것이다. 일하지 않을 자유, 청소하지 않을 자유, 공부하지 않을 자유. 다시 써야 할 식기를 설거지하고 다시 물기가 생길 싱크대를 행주로 닦고, 아이들이 학교 갈 준비를 했는지 확인하고 잠자리로 가는 하루의 정해진 일과를 하지 않아도 되는, 그런 날을 거금을 들여 구입하는 것이다. 안 떠지는 눈 비비며 일어나 출근을 하지 않아도 되는 자유. 상사의 눈치를 보지 않을 자유를 사는 것이다. 결재를 올리고 업무에 눌리지 않는 날을 큰맘 먹고 구입하는 것이다. 다만 쉽지 않을 뿐이다. 대체로 사람들은 냉장고나 에어컨은 큰맘 먹고 구입하면서 하지 않을 자유를 구매하는 것에 대해서는 늘 다음으로 미루곤 한다.

여행은 분위기를 사는 것이다. 노천 카페에서 커피 한 잔을 마시며 길거리 사람들을 볼 때. 하얀 식탁보가 깔린 테이블에서 주문을 할 때. 직원이 잔에 붉은 와인을 따라줄 때. 가게에서 지인에게 줄 기념품을 고를 때. 그럴 때의 근사한 기분을 사는 것이다. 청소를 하지 않고 나가도 침대 시트가 정리되고 욕실에 하얀 수건이 다소곳하게 개켜 있을 때의 페퍼민트 같은 개운함. 내 손의 수고를 거치지 않는 것. 그 기분을 사는 것이 여행이다. 단, 구매에 대한 만족은 시간이 갈수록 잊히게 마련이다. 옷 한 벌 구매하고 일 년 내내 행복해하는 사람은 없듯이.

돌아오면 늘 시차로 고생을 한다. 로마의 시간으로 맞춰진 몸을 여기 시간으로 돌려놓는 데 며칠 걸렸다. 환경과 시간에 관성이 붙어버린 몸은 바뀔 때마다 아우성을 쳤다. 그와 반대로 나를 길들이며 쌓아온 감성은 우직한 충견처럼 바뀔 줄을 모른다.

그리움도 그 중 하나일 것이다. 떠나고 나서야 문득 깨달았다. 집을 떠났을 때 많이 생각나는 사람이 내게 가장 중요한 사람이라는 것을. 그리고 그 사람이 있는 곳으로 돌아오는 것이 여행의 마무리라는 것을. 여행의 전제는 리턴이니까.

일상으로의 복귀

러시아를 다녀왔다. 변한 것은 아무것도 없다. 개키지 않고 쌓아둔 옷들, 제자리를 찾지 못한 그릇과 숟가락들, 여기저기 자질구레한 것들이 널린 꿉꿉한 거실 바닥. 덥고 축축한 공기가 당황스러웠다. 페테르부르크에서는 추위로 애를 먹었는데 여기에 오자마자 더위에 시달리다니.

약간의 두통과 함께 나는 다시 일상으로 돌아왔다. 아침 일곱 시에 일어나 국을 데우고 반찬을 꺼내 식탁에 놓고 아이들을 깨웠다. 짧은 여행인데도 오랫동안 집에 없었던 것 같은 착각이 들었다. 묵직한 머리처럼 공기도 눅눅하니

바닥으로 가라앉았다. 해가 갈수록 시차적응은 더뎌진다.

자꾸만 발이 붕 뜨는 것 같았다. 거실은 머리카락이 뒹굴고 바닥과 두 개의 벽이 만나는 사각의 모서리에도 며칠 동안의 먼지가 뭉쳐 있었다. 집안처럼 머릿속도 엉켰다. 넓지 않은 집에서 물건이 어디에 있었는지 생각이 나지 않았다. 모스크바의 굼 백화점 안에서 아이스크림 가게를 찾던 것이 생각났다. 화려하고 넓었지만 물건을 사는 손님은 보이지 않았던 그곳. 나 역시 쇼핑하기를 포기하고 아이스크림이나 먹다가 나왔다. 그곳에서의 풍경만 머리에서 왔다갔다 했다. 괜찮다. 이제 집은 들떴던 내 몸에 납덩이 같은 고리를 하나씩 걸어 일상에 가라앉혀 놓을 것이다. 머지않아 곧.

가볍게 점심을 먹고 느긋하게 커피를 마셨다. 집을 떠나 있는 동안 아쉬웠던 것이 커피 마시는 시간이었다. 그 간단한 것을 여행지에서는 할 수 없었다니. 이를테면, 식사 후 양치질하기 전에 커피를 마시며 휴대폰으로 인터넷을 뒤지는 일 같은 자잘하고 쓸모없는 일은 마음을 느긋하게 해준다. 그런 소소한 일상이 소소하지 않은 아이러니.

비워둔 시간을 만회라도 하듯 장을 봐와서 닭볶음을 하고 된장찌개를 끓인다. 아이들 학원도 데려다주고 부산스럽게 움직인다. 여행을 갔을 때, 돌아가면 밥하고 청소하는 것을 어떻게 다시 해야 할지 걱정했다. 기우였다. 행주를 집어들 때, 청소기를 들었을 때 이미 그런 걱정거리들은 사라졌다. 습관처럼 설거지를 하고, 부엌과 거실을 거쳐 청소기를 돌리고 다시 플러그를 바꿔 꽂고 아이들 방을 청소한다.

여행으로 잊어버렸음직한 집안 일을 익숙하게 해내는 것은 순전히 몸이 노동을 기억하기 때문이다. 몸으로 체득한 것은 쉽게 잊히지 않는다. 수영, 넘어지고 멍들어가면서 배웠던 자전거, 할머니와 했던 실뜨기. 내 머리를 땋아내리던 할머니 손의 꺼끌꺼끌했던 느낌.

일상은 고장나지 않는 시디플레이어처럼 재생된다. 청소하고 빨래하고 음식 준비하고 아이를 학원에 보내고 데려오고. 오래되어 버튼은 헐거워지고 색도 누렇게 바랜 낡은 플레이어처럼 잡음이 나왔던 곳에서 어김없이 지지직 긁는 소리가 나고 멈췄던 곳에서 잠깐 멈추지만 이내 다시 돌아간다. 속도가 조금 느려졌을 뿐. 언젠가는 고장이 나고 노래도 멈출 날이 오겠지만 아직까지는 쓸 만하다.

공항에서 집으로 오는 버스 안에서 생각했다. 집에 도착했는데 집이 없다면 어떨까? 집은 없고 머릿속에 하얗게 눈발만 날린다면? 가방을 끌고 다시 안주할 곳을 찾아나서야 할까? 어디로 가야 할까? 찾아떠날 곳이라도 있을까?

없다. 모든 것은 집에 있었다. 나는 어디에도 떠나갈 곳을 마련해두지 않았다. 그렇게 수시로 여행가는 것을 생각해왔음에도 다시 돌아올 곳은 당연히 집이란 것을 털끝만큼도 의심하지 않았다. 집이란 것에 모든 것을 맡겨놓고 살았다. 아니, 오히려 울타리를 더 견고히 하려고 애를 썼다. 정착이라는 울타리 안에서 안정과 종속을 오가며 평범하게 살아왔다

정착에 대해 군둘라 엥리슈는 이렇게 말한다. 정착은 상대적으로 안정된 여건을 제공하지만 다른 한편으로 강요와 종속을 안겨다준다. 미래에는 정착을 거부하는 유목민이 늘어날 것이며 사람들은 직업의 종속을 벗어나 잡 노마드의 세계로 진입하고 소유하기보다는 선택과 시간을 소

비하며 살게 될 것이라고 말이다.

유랑. 언제든 떠날 준비를 하고 짐이 되는 것을 기꺼이 버릴 수 있어야 유목민이다. 안정된 기반에서 강요와 종속에 묶인 정착민에게 그것은 밥그릇을 걷어차는 일이다.

종속의 달콤함에 길들여져 짐이 되는 것을 늘이며 살아왔다. 가전제품을 사들이고 가구를 바꾸고 각종 모임에 발을 들이고 사람들과의 관계를 늘였다. 그 짐을 버릴 수 있는 용기가 있을까. 지금의 안락함을 등지고 언제든 떠날 준비를 할 수 있는 날이 오기는 올까.

떠도는 사람에게도 여행이란 말이 있을까? 유목민에게 이 단어를 내밀면 아마도 그냥 웃어버리지 않을까. 여행의 기본 전제는 정착이다. 정착이 확고하다고 느낄 때 여행을 한다. 사람들은 정착지에서 잘 지내고 있다는 확인을 하려고 인터넷을 검색하고 힘들여 가방을 싸는 것이 아닐까. 공항에서 지루하게 줄을 서고 타국의 거만한 공항직원에게 여권을 내미는 것도 현재를 확인하려고, 잠깐 멈추어 생각하는 시간을 갖는 것이라고 말이다.

현실에서는 여행을 동경하고 막상 여행을 떠나면 일상

이 그리웠다. 가보지 않은 곳을 갈망하다도 집을 떠나면 세상에 이 몸 하나 편히 누일 곳은 화려한 호텔 방도 아니고 왕궁도 아닌 소박한 내 집 침대라는 것을 확인하곤 했다. 일상과 여행은 서로 등을 기댄 채 불편과 익숙함의 완급을 조절하는 동지다. 여행을 해봐야 일상이 소중하고 일상이 있어야 여행이 신선하다.

닭볶음이 얼큰하고 달짝지근하게 간이 맞다. 된장찌개에 넣은 두부도 먹음직스럽게 부풀어오른다. 내가 집 비우는 것을 달가워하지 않던 식구들은 된장찌개를 후루룩 소리내어 먹는 것으로 반가움과 야속한 속내를 말없이 드러낸다. 이런 일상이 좋다. 나는 제대로 착륙한 것이다.

러시아 아줌마

식탁 한쪽에는 초콜릿과 마시멜로가 있다. 아기 그림이 그려진 알룐까 초콜릿. 모스크바에 묵었을 때 가게에서 220루블을 주고 사왔다. 우유처럼 부드럽고 설탕처럼 달콤하다. 여행을 하면 초콜릿을 잘 사가지고 온다. 그리 비싸지 않으면서 입을 즐겁게 해주고 미처 선물을 준비하지 못했을 때에도 요긴하다.

내게 호의적인 미소를 보내던 종업원이 권해준 마시멜로도 있다. 초콜릿인 줄 알고 산 분홍색 마시멜로 포장엔 여인의 그림이 있다. 금발에 허리가 잘록한 가녀린 여인이 웃고 있다. 그림만 예쁘다. 내가 못 본 것인지 모르지만 러시아에는 그 그림처럼 가냘프고 어여쁜 러시아 여자는 없었다. 세련된 검은 머리에 키가 커서 다소 억세 보이는 아가씨와 엉덩이가 엄청 큰 러시아 아줌마들만 보았다.

벨라루스 출신 기자 스베틀라나의 인터뷰 글에는 러시아 여자들의 전쟁 체험기가 있다. 조국 전쟁에 스스로 군인이 된 용감한 여자들. 애국심 하나로 버텨낸 참전기에는 전쟁의 잔혹함과 여성들 특유의 섬세하고 아름다운 심성이 나타나 있었다. 내 머릿속에도 슬라브족 특유의 슬픈 정서와 맞물린 아름다운 러시아 여자가 있었다.

엉덩이라고 하기엔 좀 부족했다. 궁둥이라고 해야 걸맞을 것 같은 덩치에 기가 질렸다. 그 궁둥이가 자꾸 생각났다. 성 이삭 성당에서 그 많은 사람들 틈에 끼여 매표를 위해 줄을 서고 있었을 때 갑자기 새치기하며 들어온 커다란 궁둥이에 우리는 밀려났다. 우리의 빈약하고 볼품없는 엉덩이로는 아무리 여럿이어도 버텨볼 재간이 없었다.

눈앞에서 일어난 일이었다. 염치없이 들어온 러시아 아줌마는 기세 좋게 우리 사이를 두 동강낸 틈에 자신의 무리를 끼웠다. 멸치처럼 마른 가이드가 러시아 말로 항의하며 틈을 내보았지만 어림없었다. 그 크기와 말소리에 기가 죽은 우리의 소심한 엉덩이는 주춤주춤 자리를 내주었다. 이삭 성당의 이콘보다 더 인상 깊었던 러시아 아줌마.

반바지 입고 러시아

캐리어에서 꺼내놓은 옷가지를 세탁바구니에 넣었다. 빨아야 될 것이 많지 않았다. 원피스와 투피스, 반바지. 여섯 벌을 가지고 갔지만 거기서 난 한두 가지 옷만 입고 다녔다. 머무르는 내내 입었던 초록색 카디건과 하얀 티셔츠와 반바지, 발목까지 내려오는 원피스 정도였다. 너무 추웠다. 7월 초순이었지만 한국의 4월 같은 날씨였다.

반바지를 입고 예카테리나의 여름궁전을 갔다. 우산을 들었지만 다리에 소름이 돋았다. 차에서 내려 궁 내부로 이동하는 동안 허벅지와 종아리에 달라붙는 축축한 한기에 몸이 오그라들었다. 그때 거기서 초록색 우비를 비싸게 샀지만 그 뒤로 비가 오지 않았고 버리기 아까워서 기념품으로 들고 왔다.

처음 빼째르부르그 공항에서 패딩점퍼를 입은 사람들을 보고 의아하게 생각했었다. 다음날 비가 왔다. 나는 반바지를 입었다. 비가 오면 긴바지가 젖어 축축할 것 같아서였다. 하지만 거리에서 본 사람들은 긴바지와 겨울점퍼 차림이었다. 맙소사. 반바지 차림은 나와 딸뿐이었고 모직 롱코트도 간간이 눈에 띄었다. 그들의 표정은 어둡지도 환하지도 않았다. 그런 날씨는 예사라는 듯 추워하는 표정도 즐거운 표정도 없었다. 나는 파리하게 질린 다리로 에카테리나 여제의 화려한 궁을 씩씩하게 활보했다. 리투아니아 농부의 딸이었던 에카테리나 1세, 그녀가 보았다면 무례하다고 했을까?

호박방은 촬영을 할 수 없었다. 호박이 모자라 미처 붙이지 못한 벽 상단은 호박그림을 그려놓았다. 잘못 찾아왔다가 눌러앉아버린 초라한 나그네처럼 화려한 그 방에서 영 어울리지 못하고 어색하게 자리하고 있었다. 방에 있는 호박도 그 옛날 타국의 사신을 주눅들게 했던 그 호박은 아니고 기대한 만큼 화려한 방도 아니었다. 화려함으로 치자면 지금 내가 담고 있는 문명이 그보다 더 화려하다. 소비재는 넘쳐나고 진품과 모조가 별 차이 없이 대량생산되는 역사상 유래 없는 풍요로운 문명기 안에 나는 서식하고 있다.

내가 궁금한 것은 나치가 뜯어갔던 호박에 대해서다. 전쟁으로 없어지거나 도난당한 예술품들은 모두 어디로 흘러가버렸을까. 어느 지하에서 눈먼 자들의 눈을 즐겁게 해주고 있을지, 아니면 죄를 묻지 않을 만큼의 시간이 지나기를 기다리며 캄캄하게 잠자고 있을까. 그리고 지금 남아있는 문화재를 지키기 위해 어떤 사람들의 희생이 있었는지 궁금했다. 에르미타주 박물관 안에서는 진품인지 아닌지 논하지 말라는 가이드의 말. 그만한 자부심은 전쟁 속에서도 문화와 예술품을 지켰던 국민들이 아니었으면 나올 수 없었다. 그 자부심에 질투가 일었다. 수많은 전쟁 때문에 지키지 못했다는 변명이 옹색해졌다. 가끔 불편한 사실들은 그런 식으로 불쑥 터져나오곤 한다.

때로는 기대한 대상보다 엉뚱한 곳에서 수확이 나오기도 한다. 예를 들면 이렇다. 러시아는 두 개의 계절이 존재한다. 여름과 겨울이다. 여름궁전과 겨울궁전이 있으니 여름이 존재하지 않는다고 하면 욕을 먹을 테니 말이다. 여름 다음엔 가을 대신 겨울, 그리고 진짜 겨울, 그 다음도 겨울이라는 러시아의 사계. 계절의 처음도 겨울이고 끝도 겨울이라는 사실.

여름 평균 기온 18도라는 것을 그냥 흘려들은 나는 그 한여름 뻬쩨르부르그에서 반바지를 입고 러시아의 기후를 뼈저리게 느꼈다. 여름이라도 러시아 갈 때 긴바지는 필수다.

의뭉스런 과일장수

냉장고에는 참외 두 개가 고스란히 있다. 떠나기 전 참외와 토마토를 사다놓고 갔었다. 큰애 먹으라고 두었건만 그대로다. 누군가 깎아주지 않으면 귀찮아서 과일을 먹지 않는 큰애를 남겨놓고 여행을 떠났으니 당연한 결과다. 과일을 보니 그곳에서 먹었던 체리가 생각난다.

도스토예프스키의 집 근처 재래시장이었다. 여러 색깔의 과일과 채소를 예쁘게 쌓아놓은 판매대가 눈에 띄었다. 검붉은 체리에 눈길을 주자 과일장수는 체리를 물에 씻어 나와 작은애에게 건넸다. 맛보라고 주고는 '하프킬로 5유로'를 외쳤다. 조금 비싼 듯했지만 5유로를 주었다. 돈을 받고 빙글빙글 웃으며 나와 작은애를 훑는 눈빛이 질척했다.

살구같이 생긴 노란 과일이 눈에 띄었다. 무슨 과일이냐고 물었는데 그는 알아듣지 못하고 그 과일을 씻어서 먹으라고 또 내게 내밀었다. 이번에도 받아먹으면 사라고 할 것 같아 망설이는데 이 아저씨가 글쎄 내 팔목을 슬며시 만졌다. 기겁을 하며 그를 쳐다보았다. 아무 일도 없었다는 듯 쓰윽 웃는 과일장수. 처음 본 노란 과일처럼 이 과일장수도 노랑머리 동양인이 신기했을까. 한국이었다면 그냥 지나칠 수 없는 일이었지만 남의 나라 관광객으로 왔기에 파렴치한을 밀치고 얼른 시장을 빠져나왔다.

봉변을 당하고 헛웃음이 나왔다. 과일도 팔고 다른 목적도 챙기려한 과일장수. 얄타회담에서는 대전에 참전하기로 해놓고 일본이 항복하기 5일 전에야 참전했던 소련. 제2차 세계대전 끝물에 슬며시 숟가락 하나 얹었던 의뭉스런 속내가 러시아 과일장수 몸에도 들어 있었나보다.

책 읽는 여인

러시아 여행 때 찍었던 사진을 다시 보았다. 모스크바에서 찍은 사진을 보며 멋졌던 그 며칠 간을 회상하는 것은 즐거운 일이다. 그림에서만 존재할 것 같은 아름다운 바실리 성당과 사진을 찍기 위해 좀 더 멀리 있는 다리에서 찍었던 피의 사원. 고리키의 집 정원에서 찍은 딸아이의 사진, 그리고 한 장의 사진이 눈에 들어온다. 책을 읽는 러시아 여인.

모스크바 시내 고리키의 집은 호화로웠다. 어느 돈 많은 건축가가 지었다는 화려한 저택은 푸른 대리석으로 된

계단이 집 중앙을 받치고 있었다. 그 집을 받은 걸 보면 소련정부로부터 인정받은 작가였다. 물론 고리키 자신은 그 집에 대하여 그리 감사하게 생각하지는 않았다고 한다. 그래도 러시아인 가이드의 설명을 다시 한국 가이드의 통역으로 들으며 초년 운은 거칠었어도 말년은 꽤 살 만했겠구나 싶었다. 여느 러시아 할아버지처럼 콧수염을 한 얼굴의 데스마스크는 작가로서의 고집과 지적인 사유가 어려 있었다.

정물처럼 여자가 있었다. 나의 눈길을 끈 것은 고리키의 커다란 초상화 옆에서 의자에 앉아 책을 읽고 있던 러시아 여인이었다. 뒤로는 창이 있어서 책 읽기에 좋은 밝기였다. 아마도 그곳에서 방문객이 오면 헝겊 덧신을 신게 하고 물건들을 만지거나 큰소리로 떠들지 않도록 주의를 주는 일을 하는 것 같았다. 비번이어서 쉬고 있는 시간이었을 것도 같다.

그곳에서 일하는 사람들은 대개 나이가 있고 우아해보이는 여자들이었다. 그 여자는 동요 없이 책을 읽고 있었다. 스물여남은 명의 우리 일행이 고리키의 사진과 책상을 둘러보고 있어도 눈썹 하나 흔들리지 않고 책에 몰두했다. 그 여자 주변은 어떤 보이지 않는 경계선이 있어서 그 안쪽에 고요가 투명하게 감싸고 있는 것 같았다.

내가 본 러시아 여인. 투박한 억양, 튼실한 엉덩이로만 기억될 뻔했던 러시아 여인에 대한 생각이 고리키 저택에서 바뀌었다. 책을 읽는 여인. 내가 본 어떤 러시아 여인보다 아름다웠다.

페레델키노 그 남자

그곳에 그런 화장실이 있을 줄 몰랐다. 러시아에서 종종 변기 커버가 없는 것은 뭐 그런대로 참아줄 수 있었지만 재래식 화장실에서 용변을 해결하리라고는 생각지 못했다.

보리스 파스테르나크의 집은 모스크바 근교의 페레델키노에 있었다. '다차'라고 하는 시골 농장 집이었다. 그 집을 안내하는 사람은 파스테르나크보다 그의 두 번째 아내와 아이들에 대하여 더 많은 이야기를 늘어놓았다. 좁은 방의 반 이상을 차지하는 큰 피아노는 그의 두 번째 부인

지나이다의 전 남편이 쓰던 피아노였다. 그것도 파스테르나크의 사후에 그 집으로 들여놓았다는데 그것에 대해 안내인은 열성적으로 자세하게 설명했다.

가이드는 장황한 그녀의 말을 다시 우리들에게 통역하느라 연신 애를 먹고 있었다. 가끔 유명인의 사후는 본인보다 그 주변이 더 중요하게 떠벌여지곤 한다. 거기서도 마찬가지였다. 나는 파스테르나크가 어떻게 죽었는지 노벨문학상 수상자인 그가 무엇에 대해 쓰고 있었는지, 무엇에 관심이 있었는지가 궁금했는데 물어볼 수가 없었다. 안내인이 너무 길게 설명을 해서 물어볼 엄두가 나지 않았다.

슬쩍 하품이 나서 서재로 갔다. 그의 책상과 책장을 보았다. 엘리어트, 헤밍웨이, 존 스타인벡의 책이 꽂힌 책장을 한참을 들여다보았다. 그가 노벨문학상을 받은 이후 소련으로부터 차가운 시선을 견디며 있었을 때 세계 각국에서 보내온 책들이라 했다. 그의 지문이 남겨진 낡은 책들. 그 책들을 살며시 만져봤다. 그의 기운이 내게도 전해지길 바라면서.

숲속 그 작은 집에서 말년을 보낸 보리스 파스테르나크. 그가 쓰던 책상 뒤로 큰 유리창이 있었다. 그는 그 창 앞에서 누구를 생각했을까. 눈 내리는 저녁, 촛불이 타는 책상, 쥐가 들끓는 바리키노 집에서 라라를 떠나보낸 지바고처럼 타는 촛불을 바라보고 있었을까? 작가연맹에서도 제명당하고 그 숲속 집에서 숨죽여 살았던 노벨문학상 수상자의 슬픈 눈이 비쳤을 유리창. 그 창 너머로 7월의 녹음이 우거져 있었다. 그의 낡은 책상을 한번 더 만져보고 내려왔다.

꼭 그렇게 내버려두어야 했을까. 방문객을 위해 한쪽에 화장실을 마련해두었더라면 섭섭한 느낌이 덜했을 것도 같았다. 그 집 주위엔 숲만 있을 뿐 주변엔 다른 집도 안 보였고 모스크바 시내까지는 차로 1시간가량의 거리였다. 집과 10여 미터 떨어진 재래식 화장실에서 용변을 보고 나오며 모스크바 시내의 화려한 고리키 저택을 떠올렸다.

노벨문학상 수상 결정 이후 소련작가동맹에서 제명당하고 가까스로 추방을 면했지만 죽는 날까지도 차가운 시선에서 자유롭지 못했던 작가. 그가 살았던 집과 재래식 화장실을 보니 쓸쓸하게 죽은 지바고와 그의 삶이 그리 다르지 않았던 것 같다. 문학보다 이념에 사장된 그의 삶. 조국을 사랑했지만 조국으로부터 대접을 받지 못했던 불운했던 인텔리의 삶이 페레델키노 숲속에 겨울의 하얀 눈처럼 시리게 남아 있었다.

다낭의 맛

1. 가물치가 들어간 미꽝

우리의 여행은 미식 탐구에 가까웠다. 두 딸과 내가 동남아여행을 좋아하는 이유 중 하나는 바로 맛있는 음식을 저렴하게 즐길 수 있기 때문이다. 현지에 가서 그 고유의 음식을 먹는 것은 여행의 큰 즐거움이다. 태국에선 팟타이에 매료되고 필리핀에선 조스치킨에 열광하던 큰애. 베트남이라고 했을 때 흔쾌히 따라나선 것도 그 때문이었다. 큰애가 먹고 싶었던 것이 분짜였다. 하노이 길거리 식당에서 먹는 맛이 일품이라는 분짜. 그걸 먹겠다고 뜨거운 여행길에 나섰다.

베트남의 남부도시 다낭은 해변이 아름답다. 그 해변을 따라 생긴 리조트들이 각국의 여행객을 불러모으고 있었다. 아직 개발이 되지 않는 빈터도 많았다. 조만간 그 자리에는 많은 자본을 들인 리조트가 들어설 것이다.

우리는 되도록이면 리조트 밖에서 식사를 했다. 미식가를 자처한다면 시내로 나가 현지 음식을 먹는 것이 당연한 일. 리조트보다 저렴하고 선택의 폭도 넓었다.

음식점은 참박물관 주변에 있었다. 황금색의 용다리가 시작되는 지점이었다. 거기에 방송국이 있었다. 건물을 둘러싼 흰색 담에는 우리나라에서 본 낯익은 여자배우 얼굴이 붙어 있었다. 그 방송국 뒤에 미꽝 하이만mi quang hai man이라는 음식점이 있었다. 거기서 우리는 그때껏 맛보지 못한 새로운 맛을 발견했다.

미꽝은 들어간 고기에 따라 맛이 달라진다. 그곳 메뉴에 몇 가지 종류가 있었다. 돼지고기와 새우가 들어간 것, 닭고기와 달걀, 그리고 소고기, 가물치, 그리고 개구리가 들어간 것이 있었다. 개구리는 무슨 맛일지 궁금했다. 우리는 개구리가 있느냐고 물었다. 직원은 수줍게 웃으며 준비되지 않았다고 하였다. 다행이었다. 만약 있었다면 개구리고기가 들어간 음식을 주문할지 망설이느라 머리에 쥐가 났을 것이다.

애들은 소고기와 닭고기를 주문했다. 익숙한 재료로 속을 채우고 싶어했다. 나는 가물치를 주문했다. 주문할 때 조금 망설였다. 이상한 맛의 음식이 나올까봐 걱정이 되었다. 특히 배고플 때 선불리 도전하기는 좀 무리다. 태국에서 이미 그런 경험을 했기에 고민이 되었다. 그러나 주문하지 않으면 그 맛을 모르고 다낭을 떠날 것 같았다. 나는 용감하게 가물치로 주문했다.

결과는 대만족이었다. 셋이 시킨 것 중에서 가장 맛이 좋았다. 국물과 면이 그릇에 담겨 나왔고 가물치 고기가 고명으로 위에 올려져 있었다. 생선의 비린 맛도 없고 국물은 깊고 담백했다. 채소는 접시에 따로 담겨 나왔다. 채소를 국물에 넣어서 먹었다. 채소 중에는 싫어하는 고수 맛 같은 향이 있었다. 역시 고수는 익숙해지지 않았다. 작은애는 그 맛을 비누 맛이라고 했다. 큰애는 미식가답게 고수를 잘 먹었다. 작은애와 난 큰애의 특이한 취향이 신기할 따름이었다. 채소를 국물에 넣어 국수와 함께 먹었다. 양은 많지 않았지만 우리에겐 충분했다. 물론 뒤 돌아서면 금방 배가 고파졌지만.

2 반미

베트남에서 우리가 즐겨 먹었던 음식은 '반미'였다. 베트남은 빵이 맛있다. 그 중에서 유명한 것은 반미다. 모양은 짧은 바게트처럼 생겼다. 그걸 반으로 칼집을 내어 그 속에 고기와 채소와 소스를 넣었다. 뭐 한국에서도 바게트에 고기와 채소를 넣어 먹으면 되지 않느냐고 반문할지 모르지만 반미를 먹어보면 그런 말을 할 수 없다. 바게트와 같지만 절대 바게트 맛이 아니다.

그 차이는 한 입 베어먹었을 때 달라진다. 기다란 몽둥이처럼 생긴 질긴 바게트는 금방 잊어버릴 것이다. 반미는 한 입 물었을 때 바삭하고 부스러기가 떨어진다. 그러나 부스러기는 개의치 말아야 한다. 하나를 다 먹을 때쯤

부스러기가 우수수 산처럼 쏟아져 있을 테니. 속은 식빵처럼 부드럽다. 식빵의 풍미는 쭉쭉 찢기는 것과 발효 특유의 시큼한 냄새다. 바로 그 찢는 맛이 부드럽다. 빵 안에 아무것도 넣지 않고 먹어도 맛있는데 베트남의 매력적인 커피, 연유를 넣은 '카페 쑤어다'와 함께 먹을 때 맛의 게이지는 급하게 상승한다.

반미 빵 안에 채워진 고기는 양념을 해놓은 돼지고기나 닭고기, 소고기 등이다. 달걀이나 베이컨, 소시지가 들어가기도 한다. 파와 양파 약간의 채소도 함께 들어간다. 고수도 들어간다. 물론 나는 고약한 채소를 빼고 먹었다. 맛은 굉장하다. 그 모든 것이 빵 안에서 훌륭한 조화를 이룬다. 하나를 다 먹으면 식사는 끝난다. 배가 불러 도저히 다른 음식을 먹을 수 없다. 점심에는 음식점에서 먹기도 했고 포장한 것을 들고 리조트로 돌아가서 저녁으로 먹기도 했다.

반미를 음식점에서만 파는 것은 아니었다. 길거리에서, 혹은 쇼핑 매장에서, 다라이를 들고 다니면서 손님이 있으면 그 자리에서 바로 만들어주기도 한다. 아쉽지만 그것은 맛보지 못했다. 길거리에서는 주로 아침에 파는 것 같았는데 우리가 사려는 시간과 맞지 않았다. 거기 음식점들은 식사시간이 아니면 음식을 팔지 않았다.

다낭 시내에서 맛있는 반미가 있는 곳을 꼽으라면 단연 해피 브래드happy bread라는 곳이다. 한국인이 운영하고 현지 종업원이 있는데 매장 매니저는 한국말을 할 줄 알았다. 염두에 둘 것은 오후 3시가 넘어가면 반미는 주문하기 힘들다는 것이다. 그때가 되면 빵이 다 팔린다고 했다. 그래도 매장엔 사람들이 많다. 주로 입소문을 듣고 온 한국인 관광객이다. 다낭에 다시 간다면 이곳을 또 갈 것이다.

3 분짜

하노이가 아닌 다낭에서도 분짜를 먹을 수 있었다. 다낭에서 그런 분자를 맛볼 줄 몰랐다. 아쉽게도 음식 먹은 곳을 기억을 할 수 없었다. 참박물관에서 호텔로 돌아오는는 길을 헤맬 때 들어간 곳이었다. 뜻하지 않은 곳에서 기대 이상의 무언가를 얻었을 때 여행은 배로 즐거워진다.

호텔로 돌아가는 길을 헤매서 잘못 들어간 골목에 음식점이 있었다. 식사하는 사람들이 몇몇 보였다. 테이블이 네 개 정도 있었다. 여느 음식점과 같았다. 분짜 두 개와 그와 비슷한 발음의 다른 음식 하나를 시키고 커피와 주스를 시켰다. 별 기대는 하지 않았다. 나물 같은 채소를 접시에 담아 내오고 무엇을 감싸서 튀긴 롤이 두어 개, 국물이 담긴 대접과 국수사리를 따로 그릇에 담아 내나왔다.

어떻게 먹어야 하는지 물어봤다. 종업원은 베트남 말로 설명을 했다. 참 열심히 설명을 해줬지만 알아들을 수 있는 말은 없었다. 그래도 알아듣는 척하며 고개를 끄덕거렸다. 옆 테이블의 사람들 먹는 모습을 슬쩍 곁눈질하면서 말이다. 몇 번의 동남아 경험에서 나온 눈치로 보니 국수와 채소를 국물에 적셔 먹으라는 뜻인 것 같았다.

날은 덥고 음식점엔 선풍기가 고작이었다. 뜨거운 국물을 먹을 생각을 하니 내키지 않았다. 하지만 먹어줘야 호텔까지 걸어갈 수 있을 것 같았다.

육수에 국수를 적셔 한 입 후룩 먹었다. 그리고 우리는 서로 쳐다보았다. 두 눈은 동그래지고 입은 크게 벌어졌다. 맛의 감격을 표현하는 아이들의 얼굴은 놀라움과 만족감이 섞였다. 더 이상 더위는 문제가 되지 않았다. 그것을 뭐라고 표현해야 할지 모르겠다. 양념돼지갈비 맛이 나는 국물이라고 해야 할지. 달달하면서도 깊은 맛이 있었다. 국물에 채소를 넣어 젓가락으로 건져 먹었다. 튀긴 롤과 함께 먹으니 여태껏 먹어보지 못한 다른 종류의 맛이 혀에 감겼다. 겉은 바삭한 식감이, 그 안에는 촉촉한 고기 맛이 났다.

정말 맛의 종류란 한계가 없는 것인가. 그런 종류의 맛이 있을 수 있다면 내가 먹어보지 못한 맛이란 먹어봤던 맛보다 더 많을 것이란 생각이 들었다. 분명 맛의 세계는 어마어마한 미개척지일 것이 틀림없었다.

오바마 전 미국 대통령이 하노이에서 먹고 반했다는 분짜도 분명 이런 맛이었을 것이다. 분짜 한 그릇에 호들갑이라고 할지 모르지만 생각지 않고 들어간 허름한 음식점에서 귀한 음식을 성대하게 먹었다고 생각해보라. 3만3천동, 우리 돈으로 1,500원이 안 되는 가격에. 하지만 우리가 먹은 것은 결코 1,500원짜리 음식이 아니었다. 우리는 한 그릇의 감동을 먹은 것이었다. 베트남에서 제대로 먹으려면 비싸고 화려한 곳이 아닌 허름한 곳에서 식사를 해야 한다는 어떤 여행 잡지의 글귀가 거짓이 아니었다.

일주일 후 다낭에 다시 갔을 때 그 음식점을 찾았지만 결국 찾지 못했다. 사람의 기를 빨아내는 베트남 날씨는 우리의 의지를 녹여버렸다. 너무 더워서 그 분짜집을 찾을 엄두를 내지 못했다. 그렇더라도 실망은 하지 않았다. 음식점은 얼마든지 많고 우리는 얼마든지 낯선 음식을 먹어 줄 수 있는 도전정신을 가지고 있었으니까.

베트남에 다녀온 기억을 되짚는다면 음식의 비중이 아마도 80퍼센트 이상은 차지할 것이다. 결국 이번 여행도 맛기행에서 크게 벗어나지 않았다.

한방

여행을 하다보면 작은 것 하나가 가지는 어마어마한 위력을 체험한다. 소매치기로부터 지갑을 보호해주는 옷핀, 작은 상처에 붙이는 밴드, 머리를 묶을 수 있는 고무줄은 존재감은 없어도 중요한 때 요긴하게 쓰인다.

스위스 융프라우요흐를 오르는 날부터 몸살이 났다. 미리 한국에서 가져간 고산증 약을 먹고 갔다. 경치에 대해선 말할 필요가 없었다. 말을 한들 그 경치를 다 펼쳐놓을 수 없을 테니까 말이다.

문제는 두통이었다. 오후 2시쯤 되자 약 기운이 떨어졌는지 머리가 아파오기 시작했다. 이때부터 시작된 두통이 다음날 몽트뢰에 가서도 멈추지 않았다. 거기다 하필 주말이라 약국이 문을 닫았다. 아름다운 레만 호수 풍경도 두통 앞에서는 달력의 풍경화였다. 두통약 한 알이면 괜찮을 것 같은데 구할 수가 없었다.

호텔 프론트 데스크에는 흑인 여자직원이 있었다. 차를 마시고 싶다고 뜨거운 물을 달라고 했을 때에도 친절하게 온수를 가져다준 직원이었다. 상황을 설명하고 그녀의 표정을 살폈다. 그녀는 내 얼굴을 쳐다보더니 서랍에서 무엇을 꺼내들었다. 하얀 알약 이었다.

파라세타몰인데 괜찮겠느냐고 그녀가 물었다. 그 판국에 파라세타몰이건 아스피린이건 가릴 상황인가 어디. '생큐 소우머치'를 외치며 얼른 알약을 받았다.

세상에, 그 한 알이 두통을 잠재웠다. 그녀가 나의 파라세타몰이었다. 한방이었다.

나는 누구의 한방이었을까?

기다려 일로일로

바람이 분다. 가슴바닥을 쓸고 올라온다. 밑으로 내려가다가 회오리처럼 위로 솟구친다. 그곳이 가고 싶어졌다. 일로일로.

필리핀 파나이 섬 아래 자그마한 도시. 그 작은 도시가 나를 당긴다. 마음은 바다를 건너 그곳으로 가서 자잘한 상점이 있는 거리를 서성인다. 하늘 길로 4시간을 가야 나오는 곳. 촌스런 동남아 여행 어느 귀퉁이에도 이름 한번 올린 적 없는 맹숭맹숭한 도시. 멋진 바다도, 유서 깊은 건축물도 없는 특색 없는 것이 특징인 땅. 파나이 섬 제일 아래 구석에 웅크린, 별 볼일 없는 심심한 곳.

아마도 나는 무언가를 두고왔던가보다. 그곳을 생각하면 뭔가를 잃어버린 것처럼 싸하게 아리기도, 두근거리기도 한다. 가져오지 못한 작은 돌멩이, 생일에 받았던 하얀 장미, 나를 향한 선한 웃음. 혹 무엇이었을까?

덥고 축축한 공기를 들이마실 때조차도 왠지 편안했던 그곳. 늘 꽃이 피고 졌다. 담 밑을 지나다보면 늘어진 꽃잎이 머리를 쓰다듬거나 연한 향기가 코끝을 스며들곤 했다. 비가 자주 왔고 해는 더 자주 뜨겁게 내리쬐었다. 그러나 하루에 서너 번 비가 오더라도 찌푸리는 사람은 없었다. 설령 우산이 없더라도 사람들은 그저 하얗게 이를 드러내며 웃었다.

내가 좋아했던 곳은 갖가지 빵을 팔고 간단한 식사를 파는 제이디 베이커리였다. 지내던 빌라가 바로 오로라 서브디비전Aurora subdivision 지역의 JD 베이커리 옆 건물이었다. 그 집 케이크는 달고 큼직했다. 초코 케이크는 무척이나 진해서 먹다보면 목이 말랐다. 포테이토 스프의 맛은 더위에 지친 미각을 위로해줄 만큼 꽤 괜찮았다. 매일 아침과 점심을 그곳에서 해결해도 질리지 않았다. 아침을 레스토랑에 와서 해결하는 사람이 많아서 조금 늦게 가도 자리가 없었다. 오전 8시가 되기 전에 계단을 내려가서 문이 열리기를 기다리곤 했었다.

조스 치킨도 좋아하던 식당이었다. 닭고기를 구워서 파는 곳이었다. 부위별로 양념을 한 닭을 구워서 밥과 같이 접시에 주었다. 초록색 작은 귤처럼 생긴 깔라만시도 몇 조각 주었다. 세면대가 한쪽에 넉넉하게 있어서 손을 씻기 편리했다.

보통 동남아시아는 제일 만만한 고기가 닭고기다. 종교적으로 소고기를 먹지 않는 사람들도 있고 돼지고기를 먹지 않는 사람도 있으니 닭만 죽어나간다는 말도 있다. 그래서 어디든 닭고기 요리다. 저렴한 가격에 맛도 좋아서 저녁이면 사람들이 많이 찾았다.

가끔 복사를 하러 생어거스틴Saint Augustine 대학교 앞으로 가기도 했었다. 복사를 해주는 곳엔 여러 명의 직원이 오더를 받고 있었다. 청바지를 입은 젊은 여자가 오더를 받기도 했고 이제 막 소년티를 벗은 깡마른 청년이 받기도 했다. 주문지에 일일이 볼펜으로 쓰고 반을 잘라서 영수증 대용으로 건네주었다. 주문을 하면 보통 하루 뒤에 복사한 자료를 가져갈 수 있었다. 복사가게를 나오다 나를 복사해서 멀리 계신 부모님께 얼굴이라도 보여드리면 어떨까 하는 생각을 하곤 했다.

복사가게를 지나서 집으로 오는 길가엔 작은 상점들이 있었다. 과일을 팔거나 간단한 음식들을 파는 곳이었다. 그곳에서 처마에 끈으로 매달아놓은 바나나를 사오곤 했다. 손바닥 길이보다 작고 손가락보다 좀 더 큰 바나나를 사가지고 왔다. 사온 바나나는 다음 날이면 다 먹고 껍질만 남아 개미들이 줄을 서곤 했다.

거기에서는 하루 이틀 먹을 것만 샀다. 냉장고도 겨우 음료수나 시원하게 할 수 있는 작은 것이었다. 그날 먹을 거리만 고민하는 하루하루는 가벼워서 좋았다.

매주 수요일 아침에는 시장이 열렸다. 두어 번 매니저와 함께 가보았다. 좁고 어두운 골목에 상점들이 있었고 노점상은 한 곳에 모여 바닥에 앉아 채소나 식품을 팔았다. 그곳을 걸으면 질척하고 걸러내지 않은 그들의 삶이 맨살에 닿았다.

직접 잡은 자잘한 생선을 파는 사내, 내가 보지 못한 채소를 가져와서 바닥에 비닐 한 장만 깔고 그 위에 놓고 파는 허름한 차림새의 늙은 여인, 물건을 사려고 지갑만 열어도 어느새 옆에 와서 손을 벌리는 맨발의 아이들과 아기를 업은 아낙. 한 아이에게 동전을 주면 어디선가 여럿 몰려와서 손을 벌리는 아이들. 화장을 하고 깔끔하게 차려입은 것이 도리어 미안해져서 서둘러 나오게 되는 곳이었다.

큰 마트를 갈 때는 택시를 자주 이용했지만 더러 '지프니'를 타기도 했다. 트럭이나 지프를 개조한 차는 사람들이 앉을 수 있도록 양 옆에 긴 의자가 있다. 문도 없어서 트럭 뒤에 바로 올라타서 의자에 앉았다. 한 대의 차에는 대략 열 명 정도가 탈 수 있었다.

요금을 받는 방식도 재미있다. 요금은 사람들이 손으로 전달하여 앞자리 운전석까지 갔고 거스름돈도 그런 식으로 건네받았다. 좀 불편한 점은 비가 올 때이다. 덮개가 있는 지프니가 드물어서 비가 오면 고스란히 맞고 가야 했다. 가끔 1톤 트럭을 볼 때면 그 지프니가 생각나곤 한다.

지프니에 앉아 덜컹거리며 가던 까만 얼굴들. 소박하고 순한 사람들.

아마도 내가 그곳에서 가져오지 못한 것은 사람들의 선한 미소, 금방이라도 바닥을 드러낼 것 같은 조촐하고 가벼운 삶이 아니었을까. 그것이 그리워 몸살이 나고 바람이 부는 것이었나 싶다.

이곳에서의 삶. 교통카드 없이 버스를 타려면 불편하고 핸드폰 번호와 이메일 주소와 신용카드 없으면 살기 힘들다. 분명 이곳이 그곳보다 살기 편해야 하는데 나는 더 피곤하다. 미니멀리즘을 들이대지 않아도 자연스레 그렇게 삶이 되던 그곳. 자본주의로 도배된 편리하고 쾌적한 도시에서 나는 하루치의 끼니만 걱정했던, 소박하다 못해 남루하고 궁색했던 일로일로의 생활을 떠올린다.

내가 보낸 파나이 섬의 몇 개월. 그 기억은 사금파리처럼 빛난다. 기억만으로도 행복해지는 곳. 그곳의 이름은 일로일로. 기다려, 내 곧 가리니.

최지안 에세이

비로소 나는 누군가의 저녁이 되었다

지은이_ 최지안
펴낸이_ 조현석
펴낸곳_ 북인
디자인_ 푸른영토

1판 1쇄_ 2019년 11월 06일
출판등록번호_ 313 - 2004 - 000111
주소_ 121 - 842 서울 마포구 서교동 467 - 4, 301호
전화_ 02 - 323 - 7767
팩스_ 02 - 323 - 7845

ISBN 979-11-87413-62-2 03810

이 도서의 국립중앙도서관 출판예정도서목록(CIP)은 서지정보유통지원시스템 홈페이지(http://seoji.nl.go.kr)와 국가자료종합목록시스템(http://www.nl.go.kr/kolisnet)에서 이용하실 수 있습니다. (CIP제어번호 : CIP2019040183)

책값은 뒤표지에 있습니다.
저자와 협의 아래 인지를 생략합니다.

이 책은 용인시 문학창작지원금을 받아 출판되었습니다.

누군가의 저녁이 되어주는 일, 그것은 거룩한 일이다

아침이 하루의 문을 여는 것이라면 저녁은 그 문을 닫는 것이다. 집으로 돌아가 지친 다리를 쉬게 하는 시간이다. 새들도 저녁이면 둥지로 날아가고 각자의 보금자리로 돌아가는 아늑한 시간이다. 하지만 나는 그 시간이면 서늘해졌다. 집으로 가는 길을 빙 돌아서 천천히 갔다. 마음 둘 곳을 마련하지 못했기 때문이다. 내게는 저녁의 가장자리만 맴돌며 안으로 들어가지 못하던 많은 저녁이 있었다.
그러던 내가 어느 때부터인가 저녁의 안쪽에 앉아 있었다. 아이들이 커가면서 나는 누군가에게 저녁이 되어야만 했다. 식구들을 위하여 돌아올 집이 되고 저녁이 차려진 식탁이 되고 고향이 된 것이다. 그렇게 저녁이 됨으로써 지난 서러운 시간을 위로받았다.
저녁이 되는 삶이란 안식의 의미를 알고 저녁을 베푸는 것이다. 배회하고 망설이던 시간들, 안식이 절실했던 과거의 시간들이 현실의 타자를 불러들인다. 저녁으로 편입되지 못하거나, 저녁을 저당잡히거나, 저녁을 모르는 세대를 위하여 저녁을 베푼다. 이렇게 저녁을 지키고 앉아 저녁이 되는 사람은 제3자가 아닌, '당신'이 될 수도 있고 '너'가 될 수도 있다.
누군가의 저녁이 되어주는 일. 그것은 거룩한 일이다.

—「작가의 말」 중에서

값 13,000원

03810
9 791187 413622
ISBN 979-11-87413-62-2